听风说雨

钟颜峰　著

远方出版社
·呼和浩特·

图书在版编目（CIP）数据

听风说雨 / 钟颜峰著. -- 呼和浩特 : 远方出版社, 2024. 12. -- ISBN 978-7-5555-2135-8

Ⅰ. I247.7

中国国家版本馆 CIP 数据核字第 2024MV8335 号

听风说雨

TINGFENG SHUOYU

著　　者	钟颜峰
责任编辑	孟繁龙
版式设计	青年作家网
出版发行	远方出版社
社　　址	呼和浩特市乌兰察布东路 666 号　邮编 010010
电　　话	（0471）2236473 总编室　2236460 发行部
经　　销	新华书店
印　　刷	河北晔盛亚印刷有限公司
开　　本	880 毫米×1230 毫米　1/32
字　　数	194 千
印　　张	8
版　　次	2024 年 12 月第 1 版
印　　次	2025 年 7 月第 1 次印刷
标准书号	ISBN 978-7-5555-2135-8
定　　价	68.00 元

目　录

荣耀的归属

马卫国是一个地地道道的农民，用一双勤劳的双手养大了五个儿女，用朴实的家风培育出了五个优秀大学生。

大约一个月前，年近七十的马卫国身体情况急转直下，但是倔强的他拒绝去医院检查。

三天前，他在家门口摔了跤，被儿女们强行送进了医院。马卫国陷入了时而清醒时而昏迷的状态，医院下达了病危通知书。

大儿子马冬同弟弟妹妹们商量，想为老父亲写一篇祭文，小儿子自告奋勇，不到半个小时就洋洋洒洒写完了一篇两千多字的祭文。

马卫国清醒的时候让大儿子读了一遍写给他的祭文。听完后，他轻轻地摇了两下头，随后又陷入了昏迷。

五个儿女都不明白父亲摇头的意思，各种推测之后，都想到了和父亲从小玩到大的好友——退休教师张宝疆。于是，马冬带着祭文去找张宝疆求教。

张宝疆看完祭文后，轻轻叹了口气，说道："你真是不了解你父亲啊，更低估了你父亲！"

张宝疆看了看一头雾水的马冬，继续说道："别看你父亲只有小学毕业的文化水平，但是他的思想境界比你们高太多了！"

这是他对自己父亲的评价。马冬不能也不敢否认，一个地地道道的农民含辛茹苦地培养出了五个大学生，如果没有一定的思想境界是绝对做不到的。自己和四个弟弟、妹妹从没做出过违背道德、违背良心的任何事情，这绝对是由于优良的家风。但是，在生活中却找不到丝毫能证明父亲思想境界高的痕迹。

马冬恭敬地说道："张叔叔，是我这个做儿子的平时对父亲的关注太少了，请您……"

张宝疆看了一眼马冬，说道："你父亲认为自己最成功的两件事，第一件是做好了一个农民的本分，第二件是养大了你们兄妹五人。"

马冬疑惑地看着张宝疆。

张宝疆进一步解释道："你父亲作为一个农民，从没浪费过一寸土地，从没浪费过一粒粮食。他用自己的勤劳和汗水，不但保证了小家的温饱，而且把多余的粮食装进了大家的饭碗。”

马冬从来没从这个角度考虑过自己的父亲，更没从这个角度考虑过千千万万看似普通实则伟大的农民。

“这是你父亲作为一个农民的荣耀！”

马冬重重地点了点头。

张宝疆继续说道：“养大了你们兄妹五人，是他作为一个父亲的荣耀。”

马冬忍不住问道：“张叔叔，我父亲不但把我们兄妹五人养大，而且……”

张宝疆打断了马冬，说道：“那是你们每一个人的荣耀。”

“我们的荣耀？”

“学习是辛苦的，你们每一个人都是凭借自己的能力和付出考上大学的。坚守道德标准做人也是辛苦的，工作、生活和家庭都是你们每一个人在坚守。”

张宝疆看着马冬认真地说道：“我和你父亲都坚信一个道理——忽视和剥夺别人的荣耀是天下最无耻的事情！”

马冬瞬间理解了，父亲的思想境界确实比自己高太多！

同时也明白了，每一个人都有自己的荣耀。装得满满的饭碗是每一个农民的荣耀，干净整洁的街道是每一个环卫工人的荣耀，一个企业的成功是每一个员工的荣耀，金榜题名是每一个学子的荣耀，科技进步是每一个科技工作者的荣耀……

国家的独立富强是每一个中国人的荣耀！

民族的伟大复兴是每一个中华儿女的荣耀！

马冬向张宝疆深深地鞠了一躬，说道：“张叔叔，感谢您对我父亲的理解，感谢您对我的教育。”

……

马冬趁父亲清醒的机会，强忍着泪水，在父亲耳边读了一遍修改后的祭文。

已经睁不开双眼的马卫国听完后，用尽全身最后的力量在脸上凝固了最安心的笑容。

换一座山登

去年“五一”，江洛川带我去某名山景区游玩。是两辆车结伴自驾游，我和江洛川一辆车，他开车我坐车，另一辆车上是江洛川的三个朋友。

一路上，我和江洛川总是被一些不知名的景色吸引，走走停停。他的三个朋友直奔目标，他们到达名山景区的时候，我和江洛川落后了一百多公里。

江洛川的朋友打来电话说，景区内已经车满为患，建议江洛川把车子停在景区外的停车场里，再步行约一公里到名山脚下会合。

我和江洛川到达景区的时候，外面的停车场几乎停满了，后面还跟着长长的车队。

江洛川一边找停车位置一边笑着说道：“三哥，现在就这么多车，离开的时候一定会堵得长长的！”

“洛川，刚才转弯路口的左侧好像也是一个停车场，我看路牌标识距离这里不到一公里。”

“三哥，要不把车停那儿去？”

“也行，一公里加一公里，两公里而已，回程的时候还可以坐他们的车。”

“走！”

……

江洛川刚停好车，他朋友又打来电话，先是问我们到哪儿了，得知我们的位置后说今天登山的人太多了，景区已经开始分时段限制登山人数了。江洛川急忙告诉他朋友别等我们，让他们先登山。

挂断电话后，江洛川看着我，笑着问道：“三哥，还去排队等着登名山吗？”

我笑着说道：“洛川，我是不太想去了。”

“三哥，我也不想去了，但是……”

我笑着补全了江洛川没说出口的话：“我们不能白来，山总是要去登一座的吧？”

江洛川看着我，笑着点了点头。

我指着不远处的一座不知名的大山问道：“洛川，你看，那边也有一座大山，要不我们去登那座大山怎么样？”

“三哥，行，我们就去登那座大山！”

沿着一条乡野土路，江洛川一直把车开到了不知名的大山脚下。

通向山顶的只有一条狭窄的、陡峭的自然形成的山路。

山路难行，风景却绝美：苍松古柏错落有致，偶尔伸出的一枝是对登山人的问候；绿荫华盖，零星落下的阳光就像是音符，随着微风欢快地跳跃着，为登山人指引山顶的方向；横卧斜插的枯木上挤满了厚厚的青苔，偶尔一只松鼠不知从哪里跳来，向登山人打招呼后又不知跳去了哪里；时缓时陡的山坡被纤细招摇的野草铺满了绿色，不知名的野花一朵、几朵或一丛自由地点缀其间；最妙的是，沿着山路还有一条潺潺的小溪，溪水淙淙而下。

下山的时候，我和江洛川再次欣赏美景的同时又开启了一份心中尘封多年的记忆——采蘑菇。

我和江洛川都不认识不知名大山中的蘑菇，只能凭借经验去判断是否有毒。

“三哥，你我各选一种蘑菇采，这样是不是就相当于增加了百分之五十能吃的概率？”

“好！”

……

傍晚，我和江洛川到达预订的宾馆时，他的三个朋友还在路上堵着呢。这正好给了江洛川去找厨师确认这两种蘑菇是否有毒和如何烹制的时间。

这两种蘑菇都没有毒，而且味道都极其鲜美。

五个人一起吃晚饭的时候，江洛川的三个朋友讲述的收获是一样的，上山看的是一个个走走停停的屁股，下山看的是一张张焦急无奈的脸。当他们听完江洛川绘声绘色讲述的山中美景和桌上两种味道极其鲜美的蘑菇的来源后，表情统一是无比惊讶和无比羡慕，并一致赞道："洛川，你和三哥实在是太幸运了！"

江洛川看了看我，笑着说道："我和三哥只不过是及时换了一座不知名的山去登而已！"

我轻轻笑了笑，在心中想到：如果及时换了一座山去登收获了一份惊喜，那么人生呢，如果及时换一个方向去努力会如何呢？

守爱情满

山沟里的颜博和大都市的卓雅是在全国数学竞赛上相识的，相约考进同一所大学。

大学四年的守护相伴，卓雅虽然成功地将富甲一方的家庭背景隐于平凡，但却无法逃过颜博心心相印的感觉。

卓雅多次问过颜博的梦想，颜博每次都回答："我的第二个梦想是回家乡当一名数学老师，为祖国培养出更多的数学人才。"

每次卓雅都会认真地问道："你的第一个梦想呢？"

颜博每次都是无比幸福地笑笑说："你猜！"

颜博虽然从来没对卓雅说过他心中的第一梦想是希望卓雅一生幸福快乐，同样也无法逃过卓雅心心相印的感觉。

……

毕业分别的那天，颜博挥手告别的车队又回来了。

卓雅的父亲一脸无奈地拉着满脸泪痕的卓雅走到颜博的跟前，认真地说道：“我不反对你和我女儿在一起，但是你必须放弃你的梦想。”

面对选择的瞬间，颜博想到了苍老的父母、年幼的弟弟妹妹、家乡脱缰的顽童……

颜博咬着嘴唇，坚定地摇了摇头。

卓雅的父亲一脸轻松地对卓雅说道：“我给过他机会了。”

卓雅的眼里闪动着晶莹的泪光，问道：“颜博，你会一直坚守你的梦想吗？”

颜博重重地点了点头：“忘了我吧！”

卓雅笑了：“我会努力的！”

……

二十年后，颜博带领自己的学生们在全国数学竞赛上取得了优异成绩。颜博的计划是先带领学生们参观科技展览长长见识，再奖励学生们一顿自助大餐。

卓雅远远地就认出了颜博，叮嘱完随行人员后，一个人迎了上去。

“颜博……”

“卓雅！”

看着卓雅灿烂的笑容，在颜博心中每日俱增的二十年的牵挂瞬间升华为幸福：“这么巧……”

颜博眼中充实、自信且快乐的光芒瞬间蒸发掉了卓雅心中日积月累二十年的思念。

“颜博，你……”

“哈哈，我是带学生们来参加全国数学竞赛的，带他们参观科技展览长长见识，再奖励他们一顿自助大餐……”

“哈哈，自助大餐能带上我吗？”

“当然能！”

……

颜博和卓雅同时将一盘装满了对方爱吃的食物放在对方面前，他们俩都笑了。

颜博咬了咬嘴唇，很小声地问道：“他，好吗？”

卓雅看着颜博的眼睛说道：“你，很好！”

颜博幸福地笑了。

卓雅轻声问道：“她，好吗？”

颜博看着卓雅的眼睛说道：“你，很好！”

卓雅轻轻拉住了颜博的手。

“卓雅，我心中的第一梦想是希望你一生幸福快乐。过去是，现在是，将来也是！”

幸福的泪水瞬间流过了卓雅的脸颊，她哽咽着说道：“我努力忘记过你，但是我根本做不到！”

颜博的手紧紧地扣住了卓雅的手。

爱出爱返

这是江洛川给我讲述的一个真实故事。

刘小乐从会走开始就淘气得没边没沿，和他爹刘二宝的性格截然相反。刘小乐九岁那年骑自行车摔断了腿，在医院化验的血型是O型，他爹刘二宝的血型是AB型，他娘马小翠的血型是O型，刘小乐的血型不可能是O型。

医院的化验单绝对没有问题，刘二宝和马小翠冥思苦想了好几天终于想通了，刘二宝和马小翠结婚后就一直在外地打工，当时是在几千里之外的一家私人医院生的刘小乐，唯一的可能性就是当时在医院里抱错了孩子。

马小翠问："这可咋整？"

刘二宝的眼睛一瞪："还能咋整？是不是亲生的都是我亲儿，你不亲哪？"

“我当然亲了，但是……”

“但是啥，九岁的孩子了，就是找到他亲爹亲娘，他心里能好受吗？他能舍得咱还是咱能舍得他？”

事情就这样过去了。刘二宝和马小翠对刘小乐不仅没有产生半点生分，反而更亲了，同时对刘小乐做人和学习的要求也更严了。

一晃十年过去了，刘小乐以全市最高分的成绩考进了名牌大学。

再一晃，又一个十年过去了。

年前，刘二宝和马小翠同时迎来了两件大喜事；一是刘小乐因为工作出色被破格提拔；二是刘小乐和偷偷热恋多年的对象姜思洁领了证。

马小翠怎么看儿媳妇姜思洁都看不够，刘二宝看儿媳妇姜思洁总感觉有马小翠当年的影子。

大半夜里，刘二宝乐得睡不着觉，忍不住偷偷问同样乐得睡不着觉的马小翠：“你说可能吗？”

“什么可能吗？”

“咱养的儿子娶了咱的亲生闺女？”

“世上哪有那么巧的事……”马小翠话说一半就愣住了，一骨碌爬起来把自己年轻时候的照片都翻了出来，仔细对比之下发现儿媳妇姜思洁简直就是自己当年的翻版。

“这……”

刘二宝嘿嘿地乐着。

“这可咋整？”

“还能咋整，咱就揣在心里偷偷地乐呗！”

次日，马小翠实在忍不住，各种拐弯抹角地确认了姜思南的生日是六月十九，而刘小乐的生日是五月初八，两个孩子足足相差一个多月。在马小翠的心里虽然有那么一点点的失望，但是丝毫没有减少对儿媳妇姜思洁的爱。

……

姜思洁的爸爸叫姜琦、妈妈叫吴洁，两个人的血型都是O型，在姜思洁初中体检的时候才知道女儿的血型是A型，两人推断的唯一可能性就是当时在医院里抱错了孩子。姜琦和吴洁偷偷地去找过那家私人医院，但是那家医院已经倒闭了。在比亲的还亲的基础上，姜琦和吴洁的心里又多了一份责任，他们必须把姜思洁培养成一个德才兼备的人。

……

年后，刘小乐一进门，姜琦就有一种格外亲近的感觉，吴洁怎么看刘小乐都是像姜琦年轻时的样子。

姜琦直接问了马小乐的生日，听到是农历五月初八之后，姜琦和吴洁两个人瞬间都惊呆了，当年的农历五月初八正好就是公历的六月十九！

过了好一会儿，吴洁才颤抖着问：“小乐，你知道你是在哪儿出生的吗？”

刘小乐感觉到了异样，同时心里也有一种说不出的感觉，小心地问道："阿姨，我不知道我是在哪儿出生的，我给我妈妈打电话，您自己问行吗？"

电话一接通，吴洁就拿着刘小乐的手机跑回了卧室。

后来，刘二宝和马小翠逢人就说他们的宝贝女儿姜思洁多么多么优秀，姜琦和吴洁逢人就讲他们的宝贝儿子刘小乐多么多么优秀。

再后来，刘小乐和姜思洁生了一对双胞胎，一个姓刘，一个姓姜。

一把紫砂壶

最近，江洛川几乎每天下午都来陪我喝茶。

我能看出江洛川有心事，但是只能静静地陪着。因为我认为他的思想境界要比我高一些，我只是年长几岁而已。

昨天下午，江洛川在泡茶的时候不小心把我最喜欢的一把紫砂壶碰掉了。真的很幸运，紫砂壶掉在了脚垫上，只摔断了壶把。

“三哥……”

我看着江洛川笑了：“洛川，什么时候买的我不记得了，花了多少钱买的我也不记得了，但是我知道它只是一把壶而已！”

“但是，这是你最喜欢的紫砂壶。”

“洛川，的确是我最喜欢的，但是这个最喜欢是有限制条件的，仅限于我的紫砂壶。”

江洛川静静地看着我。

“把这个限制条件放大到这张茶盘上，它就不是我最喜欢的级别了。把限制条件再放大一些……”我轻轻笑了一下继续说道，“也许它就不是喜欢的级别了。”

江洛川沉默片刻，轻轻点了点头：“三哥，谢谢你！”

我故意问道：“是我的话，还是我的紫砂壶？”

江洛川笑了：“都有！”

……

今天下午，江洛川带了一个叫于森的朋友来。

那把紫砂壶被于森修复得完美至极，我动用了十倍放大镜之后才找到那两条淡淡的断痕。

江洛川笑着赞道：“三哥，于森修复紫砂壶的手艺绝对是一流的。”

于森浅浅地笑了一下，说道：“三哥，我用的螺丝是钛合金材质的，填充材料是牙科常用的银汞，您完全可以放心。”

“万分感谢你，于森！”

“三哥，您太客气了，经常听我川哥提起您……”

气氛越来越融洽，话题也越聊越广。

我笑着说道：“于森，你要是不嫌弃，这把有瑕疵的紫砂壶就送给你了。”我故意加重了“瑕疵”两个字的语气。

“三哥，这……”

于淼下意识地把目光投向了江洛川。

江洛川认真地说道："于淼，你要是不嫌弃就收下吧。"江洛川加重了"不嫌弃"这三个字的语气。

于淼看着我说道："三哥，这把紫砂壶虽然不是大师之作，但是材质、器型、做工都非常非常好，市面上至少……"

江洛川打断于淼，说道："昨天我摔坏它的时候，三哥对我说它只是一把壶而已。"

于淼想了想看着我说道："三哥，我收下了，谢谢您！"

我看着江洛川说道："它现在是一把有自己故事的壶了，而且于淼的故事一定比我的故事更精彩！"

江洛川瞬间停顿，随后，开怀大笑了起来。

我也开心地笑了，因为我相信江洛川的心事一定解决了！

选　择

在锁龙岭方圆几百里内，张天雄绝对是最传奇的采山杆头，十四岁开始跟着师傅进山，而立之年就稳坐了锁龙岭采山杆头的宝座。

三十年来，张天雄每次带人进山都收获满满，无数次化险为夷。每次都收获满满是因为张天雄胆子够大，敢攀最陡的峰、敢下最峭的崖，无数次化险为夷是因为张天雄不但身手敏捷而且眼观六路、耳听八方。

常在河边走，没有不湿鞋的。张天雄知道这个理儿，更清楚随着年龄的增长自己的身手越来越力不从心，六路、八方早已经是顾此失彼了。

张天雄心里不是不舍得把采山杆头的宝座让给年轻人，只是他有一道自己一直过不去的坎儿，也是历届采山杆头都过不去的坎儿，这道坎儿也是他一直不收徒弟的原因。

……

竹篓里的山珍已经达到了张天雄攀爬陡峭崖壁时的负重极限。但是，在四分对山珍的不舍和六分想为自己画上一个完美句号的综合因素下，张天雄硬着头皮装满了竹篓。

福无双至，祸不单行。张天雄刚沿着垂直的岩壁向上攀爬了七八米，那条唯一保障他人身安全和助力攀爬的绳索被牢牢地卡在了崖壁顶端的一处石缝里，紧接着一阵阵山风袭来……

紧紧贴着崖壁避免随风摆荡的张天雄只能趁山风喘息的机会全力全速向上攀爬。在远远超过负重极限、山风阵阵偷袭，再加上不饶人的岁月，张天雄全身的衣服很快就被汗水打透了，而且需要短暂的休息才能积蓄够再次向上攀爬的力量。

张天雄知道自己的状况，更清楚随时可能发生的各种危及生命的危险。四分对山珍的不舍早已归零，六分想为自己画上一个完美句号的念头已经降至半分。张天雄不想放弃满满一竹篓山珍的唯一原因就是他心中那道一直过不去的坎儿。

绳子被牢牢卡住了，山风一阵比一阵强烈，跟着张天雄一同进山的七八个年轻后生只能焦急地等待着。

一路艰难攀爬到距离崖壁顶端不足一米的位置，张天雄的双腿和双臂同时开始不由自主地颤抖，这是力气枯竭前的最后警告。一阵更强烈的山风吹来，张天雄把绳索在右手臂上连缠了五六圈，拉紧到极限才勉强稳住了身体和背上的竹篓。

一阵强烈的山风过后，一个充满焦急和关切的声音响起：“师哥，快把左手递给我！”

张天雄慢慢仰起头，师傅的遗腹子、自己的师弟义云天正探着半个身子，左手臂上缠着绳子，右手正努力地伸向自己。

眼前的一幕让张天雄瞬间回到了三十年前，几乎是完全相同的情境，眼前的义云天就是当年的自己，而现在的自己就是当年的义如海——自己的师傅、义云天的父亲，当时……

张天雄不敢继续回忆，躲闪的目光恰巧看见了那处牢牢卡住绳子的石缝，绳子被卡住的位置已经被磨切得只剩下细细的一小股……

“云天，接住竹篓！”

张天雄大喊的同时，左腿弯曲，左手托住竹篓底部，弯腰蓄力……

“起！”

张天雄的左脚用力一蹬仅容下半个前脚掌的凸起石块，左手用力向上托竹篓，挺直腰杆向上拔……

竹篓向上飞起的瞬间，那一小股细细的绳子悄无声息地断开了。

就在那一小股细细的绳子断开的瞬间，张天雄心中的那道坎儿也随之过了。

“师哥……”

义云天不顾一切地飞扑了出去，右手牢牢地挽住了已经开始向下坠落的张天雄的左上臂，紧接着右臂发力，画出一个优美的弧线把张天雄甩上了崖顶。

爬上崖顶的义云天无比欣慰地看着已经脱力的张天雄，笑着说道：“师哥，等风停了，我下崖底把那满满一竹篓的山珍捡回来！”

……

下山后，张天雄第一时间当众让出了锁龙岭采山杆头的宝座。

声言：只有义云天才是真正配坐锁龙岭采山杆头宝座的人!

一锤子的情谊

刘四安的父亲中风后，一家人努力奋斗的计划被彻底打乱了。

以前，城里的超市由妻子经营，有父母帮忙还负责接送孩子，刘四安完全不用操心，他一边经营一边建设远离城市几十公里的农家乐。现在，照顾父亲的母亲需要帮手，妻子也需要帮手。无奈之下，刘四安给远在几千里之外打工、和他从小玩到大的好友张大诚打了个电话。

张大诚从几千里之外急匆匆地赶回来，随身只带了一把干活用的锤子。

“大诚哥，这个农家乐是我的理想，我真舍不得，实在没办法了才找你回来帮忙。”

张大诚把锤子往柜台上一扔，说道：“让哥帮你干什么都行，但是哥真的不会经营农家乐。”

刘四安笑了：“大诚哥，我知道你绝对不会欺骗顾客，有这点就足够了。”

“那行！”

……

两年后，刘四安的父亲在全家人的精心照料下恢复了十之八九。同时，刘四安听很多人说远离城市几十公里有个农家乐火得不得了。

刘四安足足犹豫了半年，才带着一家人去了农家乐。

眼睛所看见的一切让刘四安足足惊呆了五六分钟，绿茵遮蔽的长廊、原始粗犷的木屋、有机蔬菜大棚、可垂钓的鱼塘、林下散养的土鸡等等，那已经超出了刘四安理想中的农家乐。

……

一家人酒足饭饱之后，张大诚笑呵呵地问道：“四安，怎么样，哥没让你失望吧？”

“大诚哥，已经超出了我心中的理想。”

“那就好，哥明天就走，以后你自己操心吧！”

刘四安看着张大诚认真地摇了摇头。

张大诚看了一眼刘四安的父亲，不解地问道：“我张叔恢复得这么好，城里的超市和家都不用你操心了……”

刘四安打断了张大诚的话：“大诚哥，就算是我自己经营，两年半的时间，绝对建设不了这么好的农家乐。”

张大诚不好意思地笑了："有厨师、有服务员的，我一天天闲着也是闲着，干这点小活儿比工地轻松多了。对了……"张大诚从口袋里掏出一个厚厚的小本子递给了刘四安，继续说道："每一笔账我都记得清清楚楚，在工地打工的时候我是按月给家里汇两千五百块钱。"张大诚轻轻挠了挠头，带着几分不好意思说道："来这头一年我不知道会经营成什么样，一年到头才给家里汇了三万块钱，从第二年开始我是按月给家里汇的钱，每个月都是两千五。厨师和服务员上个月的工资和奖金都发完了，其他钱都是现结的，咱谁也不欠，剩下的钱都在那张卡里。"

刘四安打开厚厚的小本子，拿起自己名下的那张银行卡，努力控制着情绪问道："大诚哥，这张卡里有多少钱？"

张大诚憨憨地笑了笑，说道："我没查过余额，百十来万总应该有吧。"

刘四安双眼含着热泪，把那张银行卡和厚厚的小本子一同递给了张大诚，哽咽着说道："哥，卡里的钱都是你的，以后这个农家乐的收益咱俩一人一半……"

张大诚腾地站了起来："四安，这可绝对不行！"

"大诚哥，为什么不行？"

"我当时是回来帮你的忙……"

刘四安打断张大诚，问道："哥，你当时为什么回来帮我的忙？"

“因为咱俩是从小玩到大的好朋友，你说这个农家乐是你的理想。”

两行热泪缓缓流过刘四安的脸颊：“哥，你要是不接受我的条件，你走后我就把这个农家乐转出去。”

“四安，你说过这个农家乐是你的理想……”

“哥，我当年给你打电话就说了一句有事需要你帮忙，你什么都没问，带着一把锤子就回来了，要是没有你，我的理想，这个农家乐早就不存在了。”

张大诚开心地笑了：“四安，我留下可以，以后你按照我在工地打工的标准给我开工资就行。”

刘四安坚定地摇了摇头：“哥，你要是想保住我的理想、想保住这个农家乐，你就必须接受我的条件！”

张大诚为难地说道：“四安，你给我的真的太多了！”

“哥，再多都比不上我们的情谊！”

“这……”张大诚把求助的目光投向了刘四安的父亲。

刘四安的父亲大声命令道：“大诚，你就听四安的，明天就把这个农家乐改名为——锤子农家乐，让所有人都听听你哥俩的故事。”

……

锤子农家乐更红火了！

分猪肉

张大五和马小二是一个村的，又是从小玩到大的好朋友，都在外地帮雇主看守果园，是两大片紧挨在一起的果园。两个人的工作都很轻松，每天就是巡视两遍果园，发现问题及时上报雇主。

工作之余，张大五和马小二合计了一下，闲着也是闲着，不如合伙养头猪，一是剩菜剩饭有了价值，二是猪粪可以为果树增加营养，三是两人可以把猪肉带回家。

两个雇主不但都举双手赞同，而且各买了一只猪仔和饲料免费送给了张大五和马小二。

两大片果园丰收的时候，两头猪也肥了。

回家之前，张大五和马小二把大点儿的一头猪留给了两个雇主，把小点儿的一头猪杀了，按需均分了猪肉。

……

第二年，风言风语在村里渐渐传开：马小二从小就实在，听说一起养的猪，好肉一点儿都没分着，尽是些头蹄下水和肥肉，你看人家张大五，两大扇排骨、里脊……

第三年，风言风语在村里传得更猛了。

第四年，马小二的家里人也被风言风语引起了牢骚，马小二的眼睛一瞪："净是些胡说八道，自己吃了多少、吃了啥，心里没数吗？"

第五年，张大五和马小二把整个白条猪带回了村子。让家人抬出案板，就在村子最繁华的十字路口把白条猪从头到尾平均砍成两半、心肝肺都切成两半、各级肠子都对折等分……

围观的村里人一阵叫好，这才公平！

马小二从自己分到的半头猪上砍下整扇排骨，扔给张大五，问道："你看能换点儿啥？"

张大五一声不响地从自己分到的半头猪上砍下半个猪头、两个蹄子、半条尾巴和一大块五花肉扔给了马小二："你看这些行不？"

"行！"

马小二笑着指了指张大五分到的心肝肺和肠子，问道："我用啥换那些？"

张大五也笑了，问道："不换不行吗？"

马小二轻轻摇了摇头："不行，我老娘爱吃肥肠和血肠！"

张大五把装满猪血的塑料桶放在案板上，认真地说道："我老娘也爱吃血肠！"

马小二自信地笑了："你老娘还说过，你灌的血肠没我灌的血肠好吃，煮熟了我送一半过去。"

张大五笑了："里脊肉，少一点儿都不行。"

"中！"马小二认认真真地从自己分到的半头猪上把里脊肉全都剔下来，扔给了张大五。

张大五把自己分到的心肝肺和肠子都推给了马小二，又砍下了一大块血脖扔了过去。

"我占便宜了！"

张大五哼了一声，说道："哪年少吃你灌的肉肠了！"

……

围观的村里人在凌乱中看着两家人高高兴兴地回家了。

守卫的选择

家大业大公司的大仓库有南北两个门，南门的守卫是张晓东，北门的守卫是李志成。

年末，公司一把手提议从大仓库的守卫中评选一名先进工作者。公司上下立即有九分之八的员工和各级领导都积极推选张晓东。

张晓东在公司的人缘超级好，日常工作也超级努力，经常半夜起来抓耗子、赶跑小偷、消除水火隐患等，像这样及时止损，为公司避免更大损失的壮举三天两头就会发生。

相比之下，李志成的人缘不好，日常工作也不努力，因为他从来没半夜起来抓过耗子、没赶跑过小偷，更没消除过水火隐患。

张晓东当选为先进工作者以后，人缘更好了，工作也更加努力了。

……

半年后，家大业大公司破产重组。

新来的一把手上任后的第一个决定就是开除张晓东，大仓库的南北门由李志成一人守卫。

很多人以张晓东人缘好、日常工作努力为由提出异议的时候，新来的一把手当场连发四问：

“拿公司仓库里的财物交人，谁说他人缘好？

没有家贼勾不来外鬼，为什么小偷从来不去北门？

大仓库内外的检查维修都是统一的，为什么张晓东总有机会消除水火隐患？

在大仓库核销的账目里，真耗子吃了多少，真小偷偷了多少，真水火隐患损失了多少？”

……

不久后，公司上下有九分之一的员工和各级领导重新被委以重任。

一年后，重组后的家大业大公司开始盈利。

虚惊一场

“同志们，今天我们带着胜利的喜悦，隆重地召开年度工作总结大会……”

看着主席台上总经理神采飞扬，肖松在心里悄悄松了一口气。两天前，办公室秘书摔伤住院了，肖松临危受命，为总经理写年度工作总结报告。

老主任反复叮嘱肖松，总经理对他的讲话材料要求非常严格，尤其是年度工作总结报告，去年的总结报告秘书前前后后修改了二十几次才通过。

老主任留给肖松的参考资料就是去年的年度工作总结报告。

“一年三百六十五个日日夜夜，在我们全体干部职工的共同努力下不知不觉就过去了……”

肖松听到这儿浑身一震，自己写的总结报告里绝对没有这一段，这是总经理自由发挥，还是？

肖松急忙翻看身边的文件袋——坏了！

他昨天亲手交给总经理的年度工作总结报告竟然是去年的。这可怎么办？肖松看向身边的老主任的时候，脸上的冷汗已经淌成了线儿。

老主任异常平静地小声说道：“没事儿，会议结束后立即把总结报告收回来，彻底销毁。”

……

总经理的年度工作总结报告一次次被热烈的掌声打断，最后在经久不息的掌声中完美结束。

后来，总经理曾多次表扬过肖松，说小肖绝对是个人才，因为他写的总结报告竟然给人一种熟悉的感觉。

还是土豆丝

赵翰逊和王丽丝下班回到家后，像昨天一样先讨论起了晚餐吃什么。

赵翰逊温柔地问道：“亲爱的，晚餐吃排骨好不好？”

王丽丝同样温柔地说道：“好啊，亲爱的，你想吃红烧的还是清炖的？”

赵翰逊认真地想了想，说道：“嗯，吃清炖的吧，红烧的太油腻了。”

“好的，晚餐就吃清炖排骨。但是，亲爱的，家里没有排骨，你去超市买吧。”

赵翰逊有些不情愿地说道：“要我去超市买呀，那不吃排骨了，吃鱼吧。”

“好啊，亲爱的，你想吃什么鱼？”

赵翰逊想了想，说道：“吃鲤鱼吧。”

“好的，亲爱的，你想吃红烧的还是清蒸的？”

“鲤鱼红烧的好吃。”

“好的，晚餐就吃红烧鲤鱼吧 。但是，亲爱的，家里没有鲤鱼，你去超市买吧。”

赵翰逊更加不情愿地说道：“还要我去超市买呀，那不吃鲤鱼了，吃带鱼吧。”

“好啊，亲爱的，我只会做红烧带鱼。”

赵翰逊的大手一挥：“那就吃红烧带鱼！”

“好的，晚餐就吃红烧带鱼。但是，亲爱的，家里没有带鱼，你去超市买吧。”

赵翰逊有些生气了，说道：“那不吃带鱼了，吃鸡块好了。”

“好啊，亲爱的，你想吃红烧的还是清炖的？”

赵翰逊想了想说道：“清炖吧，还能喝点儿鸡汤。”

“好的，晚餐就吃清炖鸡块。但是，亲爱的，家里没有鸡块，你去超市买吧。”

赵翰逊怒了：“我说吃什么都要我去超市买，我不说了，你说吃什么吧？”

王丽丝平静地说道：“我想吃土豆丝。”

“那你去超市买土豆吧。”

“亲爱的，家里只有土豆。”

“家里有……只有土豆啊！”

王丽丝温柔地问道：“亲爱的，你想吃排骨我给你做清炖的，你想吃鲤鱼我给你做红烧的，你想吃带鱼我给你做红烧的，你想吃鸡块我给你做清炖的。现在我想吃素炒土豆丝你给不给我做呢？”

赵翰逊像只泄了气的皮球：“我只会做素炒土豆丝。”

“亲爱的，我知道，你现在就去做素炒土豆丝吧！”

……

会过日子

杜惠芳和马丙泽结婚后的小日子过得琴瑟和谐。

婚后的第一个“五一”长假，杜慧芳把农村的爸爸妈妈接到家中小住，一是带老两口逛逛大城市，二是让妈妈检查一下自己的小日子。

临别之前，妈妈把杜慧芳拉到一边语重心长地说道：“闺女啊，你和小马的感情好，小日子过得红红火火，妈妈打心眼儿里高兴，但是作为主家的女人你不会过日子呀！”

杜慧芳瞬间想到妈妈所指的应该是自己平时对剩饭剩菜的处理，笑着说道：“妈妈，现在的日子好了，不差那一点儿，而且我和小马经常不在家吃饭，剩下的饭菜要是不及时处理……”

妈妈轻轻摇了摇头，打断了杜慧芳：“闺女啊，现在人们的日子都好了，谁家也都不差那一点儿。要是在农村喂个鸡鸭鹅狗的绝对不算浪费，但是你在城里扔进垃圾桶就浪费了，污染了环境还容易招耗子，你说是不是？”

杜慧芳的脸红了。

“闺女啊，以后啊能吃多少就做多少。”

“妈妈，我记住了。”

“还有，我看你把买菜用的塑料袋都直接扔了，留着装垃圾再用一次，是不是就能算是你常说的减少‘白色污染’保护环境了？”

杜慧芳看着妈妈说道：“妈妈，您放心，我都记住了！”

婚后的第一个十一长假，马丙泽把爸爸妈妈接到家中小住，老两口对儿媳妇赞不绝口，夸杜慧芳勤俭持家会过日子。

……

婚后的第二个“五一”长假，杜慧芳再次把爸爸妈妈接到家中小住。临别之前，妈妈再次把杜慧芳拉到一边语重心长地说道：“闺女啊，我看你就喜欢做那几样菜，每天还补充什么维生素、膳食纤维什么的。”

杜慧芳笑了：“妈妈，我和小马都喜欢吃那几样菜。”

妈妈也笑了：“闺女啊，你不是总说均衡饮食才是最营养的吗？还有什么季节吃什么才是最健康的，反季节的东西尝尝鲜还行，经常吃……”妈妈轻轻摇了摇头。

杜慧芳笑着说道：“妈妈，我一定尽快改正！”

婚后的第二个十一长假，马丙泽再次把爸爸妈妈接到家中小住。老两口对儿媳妇赞叹不已，夸杜慧芳不仅是美食家，还是营养学家。

……

婚后的第三个“五一”长假，杜慧芳第三次把爸爸妈妈接到家中小住。临别之前，杜慧芳带着几分骄傲问妈妈：“妈妈，您还有什么要叮嘱您闺女的吗？”

妈妈笑着问道：“闺女啊，你和小马既然暂时不想要孩子，下班回家后还有大把大把的时间，是不是？”

杜慧芳若有所思地点了点头。

爸爸妈妈离开后，杜慧芳和马丙泽立即商量并制定了各自的学习目标。

婚后的第三个十一长假，马丙泽第三次把爸爸妈妈接到家中小住。老两口看见书房里、卧室里摆着的各种专业书籍和满满当当的学习笔记，简直无法用语言形容，无比激动、自豪地说，是老马家祖上积了大德才能娶到杜慧芳这样贤惠、上进的儿媳妇！

杜慧芳终于理解了：为什么全村人都夸只上过两年小学的妈妈是最会过日子的人！

规划人生

终于等到了2222年2月22日22点22分22秒。菲尔普斯和乔安娜怀着必胜的信心，共同按下了婴儿培育项目的启动键。

在大屏幕上看到菲尔普斯近五年内活力排名第一的精子和乔安娜近五年内最健康的卵子成功结合后，菲尔普斯和乔安娜击掌欢庆，继而相拥而泣，五年的精心准备终于迈出了成功的第一步。

五年来，为了培育出顶级优秀的后代，菲尔普斯和乔安娜把每天的生活都精确到了秒、克。

6点起床，有氧运动三十分钟，朗诵诗歌三十分钟，冥想十分钟，相互赞美十分钟，拥抱十分钟，听音乐十分钟。

8点吃早餐，均衡营养，合理搭配，每种食物精确到克。

9点开始工作，12点吃午餐，从12点30分开始午睡三十分钟，接着是二十分钟的阳光下散步。14点开始工作，17点结束工作。

从17点30分开始，乔安娜按照顺序弹奏钢琴独奏《梦中的婚礼》《秋日私语》《蓝色多瑙河》《蓝色的爱》《爱的纪念》等世界名曲，菲尔普斯按照顺序和机器人各对弈一局国际象棋、围棋。

18点40分吃晚餐。从19点20分开始，菲尔普斯和乔安娜轮流朗读世界名著一个小时，20点30分开始洗漱，21点开始相互赞美点相拥而眠……

受精卵成功着床后，菲尔普斯和乔安娜立即开启了胎儿成长保障计划，各种营养成分按照秒级的时间精度均衡供给，按照正常怀孕人体的作息、运动、情绪、温度、环境、气候等随时调整仿真人体孕育箱的运转方案，每十五分钟记录一次胎儿成长数据，每天比对一次健康指数，每周进行一次全指标体检一次……

四十周后，数十名专家研判仿真人体孕育箱中的胎儿完全符合出生标准，菲尔普斯和乔安娜共同按下了出生键，经过一系列的仿真挤压后，一个超级健康男婴的响亮哭声响起……

菲尔普斯和乔安娜为了争取时间，毫不犹豫地放弃了近距离欣赏他们历时五年零四十周精心培育出来的儿子——或客一代的机会。按照程序，被数十名专家研判为超级健康的或客一代直接被送进了世界环境仿真成长箱。

菲尔普斯和乔安娜两人再次怀着必胜的信心共同按下了长达十八年之久的或客一代健康成长项目的启动键。

第一年的重点是利用微量元素的摄取提高或客一代的智力；

第二年的重点是训练或客一代的肢体协调性和对世界万物的认知；

第三年的重点是语言和数学的基础学习；

第四年的重点是音乐、体育、艺术等基础学科的学习；

第五年的重点是数学各种算法的专业训练；

第六年的重点是音乐、体育、艺术等专业的提高；

第七年的重点是学习低年级的各门课程；

第八年的重点是学习中年级的各门课程；

第九年的重点是学习高年级的各门课程；

第十年的重点是专业学科的提高；

第十一年是菲尔普斯和乔安娜收获超级成功的一年。或客一代陆续被哈佛大学、剑桥大学、牛津大学、斯坦福大学录取，同时，或客一代在音乐、体育、艺术等有十余项上达到了专业水平；

……

第十五年或客一代不仅完成了哈佛大学、剑桥大学、牛津大学、斯坦福大学四所大学的全部课程，而且科科成绩都是A+。

第十六年或客一代在哈佛大学读博士。

第十七年或客一代在剑桥大学读博士。

第十八年或客一代在牛津大学读博士。

2240年2月22日上午，菲尔普斯和乔安娜怀着万分激动的心情提前打开了世界环境仿真成长箱。

身高一米八五、身材修长健美、五官端正、精通十三种语言、跆拳道黑带五段、围棋职业九段、国际象棋特级大师……

温文尔雅的或客一代绝对是全世界最优秀的男人!

傍晚，一家三口在湖边散步的时候，沉浸在骄傲中无法自拔的乔安娜脚下一滑撞上了同样沉浸在骄傲中无法自拔的菲尔普斯，菲尔普斯在即将摔进冰冷的湖水中的瞬间抓住了乔安娜的手……

或客一代静静地看着自己的父母在冰冷的湖水中拼命挣扎、拼命呼救……

菲尔普斯和乔安娜在思维停止运转的瞬间，都听到了一个声音——人类必须要经历生活的风雨洗礼，否则是不会拥有感情的!

别人的面子不是我的里子

我认识江洛川好多年了，在我的记忆中他是从来不喝酒的。

昨天，江洛川来找我，竟然约我出去陪他小酌几杯。

“洛川，认识你这么多年，可从没见过你喝酒！”

江洛川笑了：“三哥，你没见过我喝酒不代表我不会喝酒，更不代表我不能喝酒。”

……

在小酒馆里坐下后，江洛川说道：“三哥，我想喝点白酒，你想喝什么随意，你喝不喝也随意。”

“洛川，先告诉我是什么喜事，让我也沾沾喜气。”

江洛川笑了：“哪有什么喜事，我今天就是想喝点儿酒，而且还想找一个让我心情舒畅的人陪着喝，于是就找上你了。”

我笑了。

江洛川正色说道：“三哥，认识你这么多年，和你一起吃过上百顿饭，从没见过你劝谁喝酒，而且无论别人怎么劝你喝酒，你都能坚持自己的原则，让我最佩服的是你从不恼火。”

“洛川，谁劝我喝酒属于谁的行为，我喝不喝酒属于我自己的选择，我恼不恼火属于我的个人素质。”

江洛川笑着问道：“三哥，你是一直就这么有高度，还是？”

“洛川，我只是一介凡夫俗子，是经历过才醒悟的。”

江洛川犹豫了一下，问道：“三哥，能给我讲讲吗？”

我轻轻笑了笑：“我刚参加工作的时候碍于别人的面子，不想喝酒的时候也硬着头皮端起酒杯。有一次单位派我去外县培训，当天我很累而且身体状态也不好，但是接待方实在太热情了，一口一个老师叫着，各种表达、各种敬酒。给我的感觉，要是不喝那杯酒就相当于驳了他们的面子，甚至相当于我这个老师瞧不起他们。结果，我醉得一塌糊涂。”我停顿了一下，看着江洛川自我解嘲地笑了笑，继续说道：“最后，我是把下巴颏挂在土墙头上吐的。”

江洛川丝毫没有嘲笑我的意思，竖起大拇指赞道：“三哥，你那个动作有创意、有难度！”

我轻轻叹了口气：“被送回宾馆后，我的头脑还是清醒的，都吐干净了，胃里空空的极不舒服。等送我的人离开后，我硬撑着下楼想去买点儿牛奶、面包……”

江洛川静静地看着我。

我苦笑了一下，继续说道：“送我的人和在饭桌上劝我喝酒最凶的人正站在路边聊着天，他们身后就是距离宾馆最近的小卖部……两句小话儿就找不着东南西北了……自己能喝多少心里没数……就好像没喝过酒似的……趴人家墙头上吐多磕碜多丢人……”

江洛川带着对我的同情苦涩地笑了一下。

“第二天中午，我滴酒没沾。下午考试，我严格按照制度执行，百分之八十以上的人都没及格。”我看着江洛川笑了笑，继续说道，“从那以后，只要我不想喝酒，我就不喝了，不再被动喝酒，不再成为别人嘲笑的对象。”

江洛川轻轻叹了口气：“酒，没有感情！”

我静静地等着下文。

江洛川看着我说道：“三哥，我曾经认为酒是有感情的，甚至认为酒就是最真的感情，真的！”

我轻轻点了点头。

“朋友、同学、同事、朋友的朋友、同学的朋友、同事的朋友，等等，在一起喝过几次酒之后，我就把人家都当成了好朋友，凡是我能帮上忙的我一定全力以赴，甚至把他们都排在了自己家人的前面。我父母说过我很多次，我老婆也劝过我很多次，但是我根本听不进去……”

江洛川给自己倒了一杯白酒，继续说道：“有一次，我母亲被摩托车撞了，急着交手术费，我一个人在医院实在走不开，于是给经常在一起喝酒的我认为是好朋友的都打了电话……最后，是一个从来没在一起喝过酒两三年没联系的朋友打车给我送去了一万块钱，而且一直留在医院里陪着我……”

江洛川喝下一口白酒细细地品着，慢慢地咽下，看着我笑了：“三哥，我没亲眼看见也没亲耳听到，后来是曾经的两个酒友在酒桌上闹翻了，其中一个主动找我告密，说是当天晚上他们六七个人在一起喝酒的时候，竟然为了都没借钱给我而举杯庆祝了一下……”

我也给自己倒了一杯白酒……

两瓶白酒见底后，江洛川笑眯眯地看着我说道：“三哥，一人一瓶不少了！”

“不少了，痛快！”

“三哥，今天的酒有感情！”

不能让过去成为未来

肖深思手中握着儿子的成绩单，心中的愤怒已经达到了第九级——狂怒。因为期末考试的总分是780分，儿子只考了231分。

要不是因为痛风发作无法下床行走，肖深思早就冲过去发泄自己的怒气了。

在压制自己心中的狂怒之余，肖深思想起了自己的过去……

父母都是老实巴交的农民，一门心思想把肖深思培养成有出息的人。

为此，肖深思的父母付出了更多的艰辛和努力。

为此，肖深思也多挨了无数顿父母含着眼泪的巴掌。

但是，当时年少的肖深思丝毫没有理解父母的苦心，在心中也丝毫没有长大后成为一个有出息的人的决心。

好在肖思远拥有一个聪明的大脑，勉勉强强考上了大学。大学毕业后，又幸运地被分配进了……

有了儿子之后，肖深思在心中无比坚定地想要把儿子培养成一个大有出息的人。从幼儿园开始，就在自己的能力范围之内为儿子选择最好的学校；从小学开始，各种特长班和补课班就开始火力全开；从初中开始，严格按照规划时间亲自接送、监督儿子学习到深夜……

事与愿违的是，儿子的成绩从初二开始稳步下降，一次次刷新最低纪录。肖深思想尽了一切办法，自己无数次苦口婆心地说教、老师的各种助力、各种条件诱惑、各种武力威胁，等等，最终的结果是他手中紧握着的成绩单，231分，又一次成功刷新了最低纪录。

……

肖深思无奈地叹了口气，儿子的智商绝对高于自己，再加上各种一对一的补课……

唉！绝对是那臭小子主观不努力，甚至在心中根本就没有长大后成为一个有出息的人的决心。

想到自己的良苦用心，又回想起这些年为了儿子所付出的努力和艰辛，内心苦不堪言的肖深思把手中的成绩单撕得粉碎，紧紧地闭上双眼，但是依然无法阻挡伤心的泪水夺眶而出……

也许是伤心的泪水在无意中冲刷干净了一块在内心深处尘封的心镜，肖深思看到现在的儿子除了物质生活水平不一样之外，精神世界几乎和过去的自己一模一样。

过去已经成为现在！

难道这就是命中注定，还是冥冥天意？

肖思远狠狠地一拳擂在了床上，席梦思床垫把振动传到了肿胀得高高的双脚，两股钻心的疼痛再一次让肖深思的泪水夺眶而出……

也许是疼痛的泪水又冲刷干净了一块在内心深处尘封的心镜，肖深思到了自己的父母……

上大学之后，肖深思就尽最大可能避开了父母。参加工作之后，用近似疯狂的努力工作一次次充当了不回家的理由，甚至一次次无情地在年节之际冠冕堂皇地避开了与父母的见面……

肖深思轻轻地擦拭了一下泪水，强行打断了自己脑海中的回忆。

回忆被强行打断后，在肖深思的眼前竟然不停地浮现出一幅幅真情挚爱的画面：

儿时骑在父亲的肩头快乐地挥动着双手……

在外面劳作一天的父亲回到家中，竟然神奇地从怀里掏出一把熟透的野果……

无论多晚回到家中，总有热腾腾的饭菜和母亲慈祥的笑容在等着……

自己坐在简易的冰车上，父亲在前面拉着飞跑，一不小心滑倒了，父亲躺在冰面上依然开心地大笑着……

每次自己生个小病，母亲都心急如焚，每次自己从睡梦中醒来都能看见母亲心疼的眼神……

父亲看到自己的大学录取通知书的时候，竟然冲出家门满村地跑着、喊着……

当眼前的画面定格在年迈的父母小心翼翼地跟着面无表情的自己走进养老院的时候，肖深思开始狠狠地扇自己的嘴巴……

绝对不能让过去成为未来！

肖深思已经感觉不到双脚的疼痛，下了床，一步步挪向门口。

开门声惊动了妻子和儿子。

妻子看见嘴角流着血、脸已经涨成猪肝色、额头不停地渗出汗珠、正一步一步挪出房间的肖深思时，第一反应是把儿子拉到了身后。

儿子从母亲身后冲了出来，扑通一声跪在肖深思的面前，哭着说道："爸爸，是我错了，以后我一定努力学习……"

肖深思艰难地蹲下身子，轻轻地擦去了儿子的泪水，带着无尽的忏悔说道："好儿子，是爸爸错了。走，陪爸爸去养老院，把爷爷奶奶接回来。"

……

精彩对话之价值绑架

上周末，我和江洛川、博少在一家小餐馆小聚，有幸听见隔壁包房里的一段精彩对话，这段对话被江洛川定义为人类顶级对话。

……

第一个男声充满了愤怒和委屈：“高中三年我们一个班，大学四年我们在同一座城市读书，毕业后我们又在同一座城市工作，我以十三年纯洁的同学之情求你帮个小忙，你不给我面子，我认了。就说说最近这两年，我是怎么为你这个同学付出的，你单位离家很远，为了送你上班我买了辆奔驰天天送你上班……你农村同学结婚，往返五百多公里，回来的路上瓢泼大雨啊……还有接你母亲来城里看病……”

我和江洛川、博少静静地听完那个男声的慷慨陈词之后，相互看了一眼，眼神中都流露出敬佩之情。

第二个男声非常平静地响起：“高中三年我们是一个班，但说过的话屈指可数；大学四年我们在同一座城市读书，一共接触过五次，两次是在回家的火车上、三次是在返校的火车上；毕业后我们在同一座城市工作了六年，前三年我们之间根本没有联系，第四年是因为你有事需要我帮忙，是通过博宇联系的我。第五、第六这两年我们几乎天天见面。十三年的纯洁同学之情我承认。”

第三个男声响起：“天哲，我们都是高中同学，这些年我和你一直没断联系，你的为人我了解，你一定是有你的难处……”

（此时，我判断第二个男声是天哲的。）

第四个男声插了进来：“大智啊，上高中的时候我和你的关系比较好，我了解你，有些事儿吧，唉！”

（此时，我判断第一个男声是大智的。）

天哲非常平静地说道：“博宇、小智，听我把话说完。大智，两年前你要买车的时候，我劝过你买辆便宜点儿的新车，代步而已。你当时说买辆二手豪车，你的四手奔驰花了五万三，从我这借了两万七。你买四手奔驰的目的绝对不是为了送我上班。”

（此时，我猜测第三个男声是博宇的，第四个男声是小智的。）

大智带着愤怒和委屈问道："这两年我是不是天天送你上班？"

"我是上班天天坐你车了。我单位离家的确很远，从我家小区门口坐地铁需要一个小时零八分钟到我单位附近，再步行三分钟到单位。你买了车之后，我是先坐地铁到你住的附近等你，坐你的奔驰到你单位附近下车，再坐地铁去我单位；你说我家附近的早餐好吃，让我每天给你买一份十七元的早餐；你买车时借我的两万七到现在为止只还了六千；你买车后是你一定要我坐你车的，如果我拒绝那就是不给你面子。我的微信里有你买四手奔驰的理由、借钱、三次还钱和一定要我坐你车的聊天记录。"

隔壁包房内片刻寂静后，天哲淡淡地说道："张琪结婚的那次，我已经在租车公司定了一辆奔驰车……"

第四个男声又插了进来："是张琪让天哲帮忙弄辆豪车的。"

"奔驰车的租金五百一天。是你在微信里逼着我退掉的，我被扣了三百元违约金。我两次给你加了七百多的油，二百多的高速费我花的，回来以后我请你和你的三个同事吃了顿大餐。张琪也是你的同学。"

第三个男声响起："大智，你说的话水分太大了！"

"博宇，让我把话说完。接我母亲看病那次，我已经订好了往返的车票，你的四手奔驰在高速上抛锚了，我花钱雇的救援车辆，加油、高速费和一千两百多元的维修费也都是我出的，结果我母亲耽误了当天的专家预约。”

（此时，我确定第三个男声是博宇的、第四个男声是小智的。）

博宇骂了一句：“这些破事儿让你干的！”

“大智，你求我帮的是小忙，这个忙有多小呢，是我花了四年心血编程的一款软件，已经有人找我开价一百万合作，你单位的领导只不过是想拷贝一份源代码而已。”

片刻后，天哲平静地问道：“我不知道博宇和小智今天是为什么来的，你在微信里对我说他们是来旅游的，你必须请他们吃顿大餐，而我必须作陪，一会儿是你买单还是我买单？”

“天哲，走，找个大馆子，我请你好好喝点儿。”

……

心机笑话

天历9981年7月15日，八仙相约在蓬莱仙岛喝酒赏月。正当八仙放歌纵酒之时，皎洁的月光突然被一大片八卦形黑烟遮蔽。

吕洞宾急忙飞上云头查看，在八卦形黑烟的八个方位上各蹲着一只巨大无比的癞蛤蟆，八只癞蛤蟆正对着月亮吐黑烟。

吕洞宾大喝一声："大胆妖孽，竟敢打扰本仙尊赏月，还不速速退去，本仙尊饶尔等一命。"

正东方位的癞蛤蟆瞟了吕洞宾一眼，嗤鼻一笑说道："我当是谁呢，原来是被狗咬的家伙。识相的话，哪儿凉快滚哪儿待着去，要是搅了我们哥儿几个今晚吃嫦娥的好事儿，嘿嘿，别怪哥儿几个拿你炼八味地黄丸。"

"狂妄妖孽，不仅痴心妄想，还口出狂言，受死吧！"

吕洞宾抽出宝剑，口念霹雳诀与八只癞蛤蟆大战起来。

随后飞上云头的铁拐李把铁拐一横就要冲上去帮忙，被曹国舅笑呵呵地拦下了：“老拐呀，老吕收拾这几个癞蛤蟆还不是手到擒来的，我们看热闹就行了。”

铁拐李眼睛一瞪说道：“看你个毛线热闹，早打完早回去继续喝酒赏月不好吗？”

……

一场有惊无险的大战，吕洞宾和铁拐李联手毫无悬念地消灭了八只癞蛤蟆。

八仙继续放歌纵酒之前，吕洞宾口念打怪升级随机抽奖咒，竟然随机抽到了一块八卦形的心月宝镜。

铁拐李端着酒杯笑着说道：“这心月宝镜可是天地至宝，任何人心里想的任何事都能在宝镜中看到结果。恭喜吕兄得此宝贝，当浮一大白！”

吕洞宾哈哈一笑说道：“多亏李兄出手相助，这心月宝镜就请李兄收下，当浮两大白！”

坐在一旁的曹国舅心里这个后悔呀：当时我要是出手相助，那心月宝镜岂不就是我的了！

曹国舅的心机一动，笑呵呵地站起来说道：“纯阳兄啊，此言差矣，李兄助你大战，我们六个也没闲着呀，一直都在为你和李兄观敌料阵，当浮八大白！”

铁拐李心里清楚曹国舅的话只掺了六分之一的假，因为汉钟离、蓝采和、何仙姑、张果老和韩湘子在大战当时是真的在观敌料阵，便眼睛一瞪说道：“你之前不是说看热闹就行了吗！”

吕洞宾知道曹国舅的仙德一直不足，更知道铁拐李的脾气，急忙打圆场说道：“这块心月宝镜算是我们八仙共有的，由李兄收着……”

……

曹国舅发朋友圈炫耀心月宝镜还不到三分钟，太白金星就驾着祥云赶到了。

和八仙一一寒暄之后，太白金星直接说出了来意：“国舅兄在朋友圈晒的心月宝镜可否借鄙仙把玩把玩？”

曹国舅心中第一个念头想到，心月宝镜在铁拐李手中自己绝对没有机会独有，正好借这个机会让太白金星把心月宝镜借走，日后偷偷去要回来那就是自己的了。曹国舅又转念一想，太白金星可是玉帝身边的红人，是他想把玩把玩呢，还是玉帝想把玩把玩呢？

曹国舅的心机一动，急忙说道：“星哥明鉴，那块心月宝镜可不是我曹国舅一个人的，是我们八仙共有的。还借什么借，见外了不是，就送给星哥吧！”

铁拐李冷笑了一声说道：“曹曹啊，心月宝镜的确是我们八仙共有的，你送你的八分之一也随便，我的酒葫芦正好缺个塞子。”铁拐李说完取出心月宝镜掰下八分之一变成了一个酒葫芦塞子，又随手掰下八分之一扔给了吕洞宾，说道：“吕兄，你不正缺个剑璏吗？”

吕洞宾伸手接住，心月宝镜的八分之一变成一个剑璏。

“钟离……采和……仙姑……果老……小韩……”

顷刻间，铁拐李手中的心月宝镜就剩下八分之一了。

“曹曹啊，这是你的八分之一，给你！”

太白金星瞥了一眼曹国舅用双手捧着送到面前的只剩下八分之一的心月宝镜，衣袖一甩，转身就走。

曹国舅急忙追了上去。

太白金星没好气儿地说道：“阿曹啊，我火急火燎地赶来，就是想借心月宝镜看看我留在人间的遗腹子是男孩还是女孩，七仙女跳皮筋你嘚瑟个灯笼啊？溜个须你都能整黄了，我真是服了！”

曹国舅一脸蒙地看向自己的双手，心月宝镜的八分之一变成一个心机笑话飞向了空中……

合理失败

某日，我和江洛川密谋去看看好久未见的博少。突然造访、一起吃早餐、上午喝茶聊天、中午小酌，等等，我和江洛川按照对博少的了解敲定了所有细节。

次日六点三十分，我和江洛川准时在博少家附近集合。江洛川拨通了博少的电话，按下免提，自信地问道："博少，吃早餐了吗？"

"川哥，我刚刚吃完。"

"啊！你今天怎么吃这么早？"

"啊，我的一个同事前天住院了，昨天我和几个同事约好今天去医院探望一下。我怕耽误时间，就早早地吃完早饭在家等着他们来接我。"

江洛川看了我一眼，问道："博少，那你今天中午有安排吗？”

“中午要去参加一个亲戚家孩子的婚宴。川哥，你找我有事儿吗？”

我急忙冲江洛川摆了摆手。

“没事，没事，我就是闲着，闲得给你打个电话。”

“川哥，你闲着的时候可少有啊！”

“哈哈哈，少有也是有的。”

……

等江洛川挂断电话后，我笑着说道：“计划泡汤了三分之一，剩下的三分之二咱俩去完成吧！”

……

下午一起喝茶的时候，江洛川突然问我：“三哥，咱俩今天的计划失败得合理吗？”

我想了想说道：“说合理也合理，博少提前吃完了早餐，上午要去医院探望同事，中午要去参加一个亲属家孩子的婚宴，一起吃早餐、上午喝茶聊天、中午小酌等计划全泡汤了。”

江洛川看着我问道：“说不合理呢？”

“咱俩的目的是去看看好久未见的博少，一起吃早餐、上午喝茶聊天、中午小酌等都是在见到博少之后的计划。当时，博少在家，也有和咱俩见面的时间，是我……”

江洛川急忙打断我说道：“三哥，你冲我摆手的时候，我当时想的是博少今天没有时间，即使你不摆手我也会取消计划的。”

我笑了：“咱俩想的一样，都不合理！”

江洛川也笑了：“不能和博少一起吃早餐、不能一起喝茶、不能一起小酌，这些不能和见不见博少没有丝毫关系，但是在当时却直接否定了去看看博少的根本目的。”江洛川叹了口气，说道：“三哥，咱俩今天的计划失败得不合理！”

“洛川，你可以进一步验证一下这个结论是否合理。”

江洛川迟疑片刻，笑了，拨通博少的电话，按下免提：“博少，今天早上给你打电话的时候，我和三哥就在你家附近，我俩昨天密谋好的今天去看看你……”

“川哥呀、川哥呀，哎呀，和你通完话不到十分钟，单位突然有事，和我约好的几个同事都去单位加班了；今天中午的婚宴是我爱人家的一个远房亲属，我根本不认识，也不想去，是因为我爱人的闺蜜计划今天和她逛街才让我去的，结果我爱人的闺蜜爽约了，我爱人去参加的婚宴，我一直在家闲着……”

“哈哈哈……”

我的笑声暴露了我自己。

“川哥，你是不是和三哥在一起呢？”

“博少，我和你川哥在一起呢！”

“三哥，我现在就去找你俩，你们必须等我！”

“博少，我俩一定等你，而且是合理地等你！”

江洛川补了一句：“等你，不见不散！”

你的用心所有人都能看到

中午下班的时候，江洛川在单位门口堵住了我，说是要带我去见证一件未来可能会很有趣的事。

“未来可能有很有趣的事”勾起了我的兴趣，我直接跟着江洛川走了。

江洛川竟然领着我去了一家上午才开业的豪华狗肉城。

等江洛川点完菜，我笑着说道：“洛川，你要是想请我吃狗肉，就直接说，我还能记你一份人情。”

江洛川笑着小声说道：“三哥，我的本意绝对是带你来见证一件未来可能会很有趣的事，今天中午这顿狗肉只是见证的一个环节，你的任务是认真吃、认真观察、认真记录。”

……

汤足饭饱之后，我的任务也完成了：狗肉的味道还可以，石锅酱汤的味道一般，赠送的小咸菜非常精美，但是都很咸，菜单上所有菜品的价格都很高，店内的装修绝对豪华，桌椅板凳、杯盘碗筷全部崭新瓦亮，上面都印着精美的标志，服务员年轻漂亮、服装整齐统一。

江洛川结账回来又让我增加了一条记录：按照菜单上的价格是二百三十七元，开业一个月之内所有店内消费全单五折，实际消费一百一十九元。

“三哥，明天中午等我。”

我笑着问道：“是下一个环节吗？”

江洛川笑着点了点头。

……

第二天中午，江洛川带我去了距离豪华狗肉城不足二十米的一家乡村狗肉馆，也是昨天新开业的。

点完菜之后，江洛川笑着看了我一眼。

“明白，我的任务是认真吃、认真观察、认真记录。”

……

江洛川结账回来后，我忍不住汇报道：“狗肉的味道非常香，石锅酱汤的味道顶呱呱，赠送的小咸菜咸淡适中、清脆可口，菜单上的所有菜品的价格都合理，店内装修极简、干净整洁，桌椅板凳、杯盘碗筷都是二手的，店内的三个人应该是老板兼厨师、老板娘和老板的娘。”

江洛川竖起右手拇指赞了我一下，笑着说道：“按照菜单上的价格是一百三十五元，开业一个月之内店内所有消费全单九折，实际消费一百二十元。”

……

过了半年，一个周五的晚上，江洛川打电话给我：“三哥，半年前，你见证了一件未来可能会很有趣的事，你还记得吗？”

“当然记得。”

“三哥，你明天的早餐别吃了，等狗肉城一开门，咱俩就去吃狗肉。”

“洛川，等到中午不行吗？”

“三哥，关键是我怕狗肉城等不到中午……”

“洛川，再开始的见证环节，必须由我来买单……”

……

豪华狗肉城内的装修依然豪华，狗肉的味道基本没变，但是每盘狗肉的量少了，桌椅板凳、杯盘碗筷依然很新，但是都多了一层淡淡的油腻，服务员依然年轻漂亮、服装整齐统一，但是少了好几个。

菜品上齐后，江洛川故意先尝了一口精美的小咸菜，对服务员说道：“这小咸菜太咸了！”

服务员不冷不热地回了一句：“咸菜就是咸的，要是不咸那还能叫咸菜吗？”

……

次日，我早早地给江洛川打电话相约中午去乡村狗肉馆。

乡村狗肉馆内依然干净整洁，杯盘碗筷增加了高温蒸汽消毒，店内增加了一个服务员，老板的娘专职负责收银。

狗肉上桌后，我迫不及待地尝了一口，味道依然非常鲜美。我又尝了一口免费赠送的小咸菜，依然咸淡适中、清脆可口。

江洛川轻轻笑了笑，大声问道："老板娘，这咸菜……"

忙碌中的老板娘急忙小跑过来问道："很咸吗？我用温水浸泡了三遍，还尝过了……"

我立即打断了老板娘，笑着说道："不是很咸，是很好吃，能不能再多送一盘？"

老板娘开心地笑了："再送几盘都没问题。喜欢吃，一会儿再给您打包点儿……"

……

三天后，江洛川给我打电话："三哥，豪华狗肉城关门了，我听人说老板逢人就抱怨……门前没有位置停车……"江洛川最后问道，"三哥，咱俩算不算是见证了一件未来可能会很有趣的事？"

"绝对算！洛川，中午陪三哥去吃狗肉行不行？"

"没问题！"

……

汤足饭饱之后，我看着一遍一遍仔细擦拭桌椅板凳的老板娘，在心中赞道："你的用心所有人都能看到！"

真情酱菜

吃晚饭的时候，妻子从冰箱里拿出一个精美的饭盒，笑着对江洛川说道：“你最爱的酱菜，今年又准时送来了！”

江洛川迫不及待地尝了一口，赞道：“微微的酸、淡淡的咸，这绝对是小尚亲手做的！”

妻子笑了：“还是小尚亲自送来的呢！”

江洛川开心地笑了：“十多年了，当年的小尚早已经变成了身价过亿的尚大老板。现在尚大老板亲手做的、亲自送的，能享受这种待遇的只有咱们一家！”

妻子轻轻点了点头：“真正看重感情的人，无论身份怎么变化，真情永远不会变！”

妻子的话把江洛川带回了十多年前……

小尚叫尚卫东，老家在偏远的山区，是江洛川和朋友经常去的一家餐馆的厨师。小尚勤劳诚恳、干净利索，炒得一手好菜，腌制的酱菜更是一绝。可以说江洛川和尚卫东的相识相交都是源自酱菜，一个爱吃、一个会做。

一个初秋的傍晚，江洛川在小区门口看见了双手捧着一大玻璃罐酱菜的尚卫东。

江洛川笑着说道：“小尚，这么巧，店里不忙吗？”

尚卫东勉强笑了一下：“川哥，我要走了，你爱吃我做的酱菜，就想着给你做点儿送过来……”

江洛川急忙问道：“走，你要去哪儿呀？”

“我……餐馆的厨师我不干了，回老家。”

“为什么？”

尚卫东轻轻咬了咬嘴唇：“也不为什么，就是……”

江洛川感觉背后一定有隐情，立即认真地说道：“小尚，你要是还当我江洛川是朋友，那你必须把原因给我说清楚。”

“川哥……”尚卫东飞快地把头转向左侧，擦拭了一下眼泪，再转过头勉强笑了一下说道，“是老板撵我走的。”

“为什么呀？”

“昨天晚上老板的儿子和朋友在店里吃饭，让我热汤，我正忙着给其他客人炒菜……慢了一点儿……骂我是猪头，又诬赖我老婆手脚不干净，还踢了我老婆一脚……”

“这不是欺负老实人吗，我现在就领你去找他……”

尚卫东急忙拉住了江洛川：“川哥，算了，算了！”

“不行，这么臭不要脸的人必须和他说道说道！”

“川哥、川哥，我求求你……我……和老板还沾点儿亲戚，他儿子论辈分还应该管我叫叔呢。”

江洛川气得狠狠地踢了两脚马路牙子，突然想起了另一个问题：“你媳妇呢，现在在哪儿呢？”

尚卫东犹豫了一下，说道：“在下一个路口等着我呢。”

“走，我和你去接她，先去我家。”

“川哥，不了，我和我媳妇把行李都打包好了，一会儿去火车站凑合一宿，明天就回老家了。”

江洛川立即想到了尚卫东和他媳妇被撵出宿舍的可能，冷静了片刻问道：“小尚，你不回老家不行吗？”

尚卫东轻轻叹了口气，说道：“川哥，不瞒你说，我和我媳妇的工资都不高，家里老人和孩子都急着用钱，我和我媳妇身上只有回家的车费……”

“小尚，这些你都先不要想，在这打工毕竟每个月都有收入，回老家以后呢？”

“川哥，这些我都明白，但是我和我媳妇一时间也找不到打工的地方，再说……”

江洛川放心地笑了：“小尚，你嫂子的父母在近郊有一个挺大的院子，一直闲着，你们两口子要是不嫌弃，住几年都没问题，而且简单收拾一下就能开个农家小院，凭你的手艺……”

“川哥，我……”

江洛川打断了尚卫东，说道：“你就说这个办法行不行，你要开个农家小院，我一定全力帮你宣传，再把我的朋友们都拉过去。”

“川哥，这……”

江洛川再次打断了尚卫东，问道：“你就说行不行吧？”

“行！”

“那就行了！走，去接你媳妇，先去我家吃饭，吃完饭我就送你俩过去。”

尚卫东忍着眼泪说道：“川哥，我尚卫东永远都不会忘记……”

江洛川急忙打断了尚卫东：“小尚，你以后要是牛了，哥看着高兴。你要是想着哥，那就每年给哥做点儿酱菜。”

尚卫东郑重地说道：“川哥，我记住了！”

……

江洛川刚泡上茶，手机铃声就响了。

“尚大老板……”

“川哥，酱菜的味道不对吗？”

江洛川笑了：“小尚啊，酱菜还是一样的味道。”

“嘿嘿，川哥，你刚刚吓我一大跳。”

“小尚，你父母最近身体好吗？”

“好，好，一切都好着呢！”

指尖溜走的时间

昨晚睡觉前，我习惯性地用手机登录某平台玩起了斗地主，两局过后竟然收到一条平台发来的消息，内容是祝贺我在该平台斗地主累积局数超过了一万局。

我瞬间在心中无比惊讶地问自己："一万局，怎么有那么多呢？"

带着自己的惊讶我展开了回忆：大约是从三年前我开始在某平台玩斗地主的，没有任何金钱的关联，就是在睡前消磨一下闲得无聊的时间。每天从几局到十几局不等，遇到牌特别顺的时候会因为心中的窃喜而多玩几局，遇到牌特别背的时候因为心中的倔强也会多玩几局，当然也有不玩的日子，但极少、极少。平均计算每天玩个十局八局总是有的，一千多天，让我无比惊讶的一万局就在我自己的无意中完成了。

我放下手机陷入了沉思：一万局，按照平均每局三分钟计算，那就是三万分钟、五百个小时、二十点八三天，我一年带薪休假的时间才十五天！

想到这，我忍不住嘲笑了一下自己：谁说我没有毅力？看，三年多的时间，每天坚持玩斗地主，很轻松地就达到了一万局的宏伟目标！

我的嘴里突然产生了一种苦苦的感觉，玩了一万局斗地主我得到了什么，是每天账号里分值的变化，还是每天坚持伤害已经开始昏花的老眼三十分钟呢？

我轻轻地叹了口气，按照我的阅读速度，如果不是太高深需要思考的文章，我在半个小时之内至少能认真读完八千字，一千多天，那可就是八百多万字，暂且不考虑八百多万字的阅读量能让我进步多少，但至少不会每天伤害我的老眼三十分钟吧！

每天用三十分钟的时间背诵点什么或是学习点什么，会怎么样呢？我立即打断了这些高大上的奢想，还是活动活动身体简单实际一些，做做俯卧撑、开开哑铃、深蹲几下，一千多天对自己已经开始衰老的身体能产生多大的益处？再简单实际一些，每天提前三十分钟睡觉，增加三十分钟的睡眠，至少次日的精神也能更饱满一些吧！

我看着手机忍不住笑了：你只是一部手机而已，沟通联系方便了，随手拍个照片方便了，查资料也方便了，等等，当然我伤害自己的老眼也方便了，这都不是你的错，因为你只是一部手机而已。但是，你有很多很多诱惑我的东西，比如说斗地主。

我的嘴里又产生了那种苦苦的感觉。那就是一部没有主动诱惑行为的手机，自己却又拐弯抹角地想把自己的主动行为赖在手机上。

好吧、好吧，手机你的确没有任何错误，因为玩斗地主的那个平台是我自己找的，小程序也是我自己下载、安装的，一千多天的坚持不懈更是我自己努力的成果。但是，是谁，为什么要开发那个平台，为什么要开发斗地主小程序呢？

我对自己真的无语了！

这时，妈妈以前经常说过的一句话似乎在我耳边响起：“学好不容易，学坏一出溜！”

我沉重地叹了口气，阅读和学习是好的，活动身体和增加三十分钟睡眠也是好的，我明知道是好的却不去做，这就是学好不容易。闲得无聊而且没有任何金钱关联地玩几局斗地主绝对不能归类为坏的，但是因为用手机玩斗地主而伤害到了我的老眼就绝对是坏的，而我呢，明知道是坏的却坚持了一千多天，这就是学坏一出溜。

三万分钟就这样一溜烟从我的指尖溜走了！

数学的妙用

韩星光是一名数学老师，葛默奇是一家餐馆的老板。两个人是从小玩到大的好朋友，经常小聚，敞开心扉地海阔天空聊天或互诉烦恼。

一次小聚时，葛默奇拿出一份促销活动方案递给韩星光，说道："星光，这几个月我店里的生意一直不好，我想搞点儿让利促销活动，劳你大驾帮我参谋参谋。"

韩星光一边接过促销活动方案一边笑着问道："是不是餐馆内部出现了问题？"

葛默奇摇了摇头，坚定地说道："绝对不是餐馆内部出现了问题。所有食材都是我亲自采购的，后厨我每天至少检查三遍，每天至少会询问三桌客人的用餐体验，连续五年一直保持着卫生A级……"

韩星光认可地点了点头，问道："现在餐馆的竞争压力这么大吗？"

葛默奇轻轻叹了口气，说道："几乎每天都有新店开业，装修是一家比一家精美，不但家家都有自己的特色，而且很多新开业的餐馆为了吸引食客不惜亏本打折，我要是再不搞点儿促销活动……"葛默奇带着万般无奈轻轻地摇了摇头。

看完促销活动方案后，韩星光问道："消费满百元赠送三十元无限制使用的代金券，再赠送两瓶价值五元的饮料。这样的话，优惠力度可高达百分之四十，还有利润吗？"

葛默奇苦笑了一下说道："如果一桌客人正好消费了一百元，赠送三十元无限制使用的代金券，再赠送两瓶价值五元的饮料，只有在这种条件下，优惠的力度才相当于百分之四十。客人消费不足百元的部分是不赠送的。"

韩星光轻轻点了点头："是最高百分之四十。"

葛默奇笑着说道："只是一种宣传的手段而已。实际上，餐馆的综合利润不低于百分之四十，客人消费的一百元中最多只有六十元成本，两瓶饮料的进货价不到五元。三十元代金券对应的成本不超过十八元，再加上两瓶饮料，实际成本不超过二十三元，占客人消费的一百元，也就是百分之二十三的比例。"

韩星光半开玩笑说道："你上学的时候，数学从来没考过及格，现在这小账算得可以啊！"

“你数学好啊，所以请你帮忙参谋参谋，能不能在不增加成本的前提下，把优惠力度再加大一些，看起来更有吸引力一些。”

韩星光思考了片刻问道：“能不能改一下促销活动的方式，比如说客人消费了一百元，如果再预存一百元，那么客人当时消费的那一百元就直接打五折，这样对于客人来说会不会更有吸引力？”

葛默奇想了想说道：“对客人的吸引力是更大了，但是一百元打五折对应的成本将近三十元，比我原来的二十三元多出了七元……”

“刚表扬完你，你就不会算账了？”

葛默奇不好意思地挠了挠头，说道：“你直接给我算算吧。”

“按照你的算法，客人消费了一百元，再预存一百元，就相当于客人一共消费了二百元，当时消费的那一百元打五折对应的成本是三十元，三十元对应二百元，是百分之十五的比例。”

葛默奇当即开心地说道：“比我原来的二十三元少了八元，而且给客人的感觉是五折的优惠。”葛默奇竖起了大拇指：“不愧是数学好的人，厉害，厉害！”

韩星光继续拓展道：“如果客人预存二百元，那就给客人打一折……”

葛默奇打断了韩星光的话说道：“你等会，先让我算算……九十元对应的成本是五十四元，五十四元对应三百元是百分之十八，给客人感觉是一折的优惠，绝对行！”

韩星光笑着说道：“如果客人预存三百元，就直接免单。”

“一百元对应的成本是六十元，六十元对应四百元是百分之十五，给客人的感觉是免单的优惠。”葛默奇瞬间兴奋了，神采飞扬地说道，“这种促销活动方式实在太好了，不但留住了客人，而且成本更低。”

“客人预存的金额，在下次使用的时候，给不给客人折扣你自己决定，给多少你自己算吧。”

葛默奇轻轻叹了口气，发自内心地说道：“上学的时候，真应该好好学学数学呀！”

韩星光笑了：“如果上学的时候你把数学学好了，也许现在的你就不会开餐馆了！”

葛默奇也笑了。

有一种冷叫妈妈说你冷

昨天我接硕哥放学。稳步走来、满脸通红的硕哥一上车就迫不及待地脱掉了校服的上衣。我在后视镜里看见硕哥继续脱卫衣的时候，正想询问，却听见硕哥问道："爸爸，快热死我了，能开一下空调吗？"

我看了一眼车上的温度显示，笑着说道："硕哥，现在外面的温度是十一摄氏度，开空调也没有外面凉快，你打开一下车窗吧。"

"噢，行！"

我在后视镜中看见硕哥几乎把上身贴在了窗口，急忙提醒道："硕哥，你那样不行，窗口的风太硬了容易感冒的。"

"噢！"

硕哥听话地坐了回去，用两只手努力地划动着，似乎是想把窗口的风全部引进来。

“硕哥，你怎么这么热？”

“爸爸，今天的最后一节是体育课，老师组织我们跑了一千米，我又和同学打了一会儿篮球。”

以我的认知和对硕哥的了解，这些绝对不至于让他热到这种程度，追问道：“你是从操场跑着回教室的，又是从教室跑着出校门的？”

“没有！”

趁着等红灯的时候，我回头仔细地看着硕哥：脸上、脖子上一道道的汗迹清晰可见，贴身的内衣几乎湿透了。

我伸手翻了一下硕哥内衣的边角，竟然是加绒的，随口问道：“加绒的内衣、加绒的卫衣，再加上校服，你怎么穿了这么多？”

硕哥一脸无奈地说道：“爸爸，今天早上你不是单位有事先走了吗，我妈妈送我上学的，出门之后我妈妈感觉有些冷，就领我回家让我把内衣和卫衣都换成了加绒的，秋裤也换了一条加绒加厚的。”

再加上这个原因就足以合理解释硕哥热的程度了，我笑了。

绿灯亮起，过了路口后我故意靠边放慢车速和硕哥聊了起来。

“硕哥，其实今天的温度和昨天差不多。”

“爸爸，我感觉今天比昨天热多了。”

我笑着说道：“那是因为你今天穿多了！”

“唉呀，我妈妈她……”

硕哥的语气里虽然带着两分埋怨，但是更多的是无奈。这让我感到很欣慰，笑着问道：“回家后，用不用我和妈妈沟通一下，让你少穿点儿？”

后视镜中的硕哥无奈地笑了：“爸爸，真不用，我多穿点儿也就是热点儿，妈妈要是认为我穿少了，她会担心一整天的。”

硕哥竟然是这么想的，更加欣慰的我正想着如何表扬一下硕哥，听硕哥继续说道：“爸爸，我们班上有很多同学都和我一样，都不得不多穿了很多，有的同学甚至被迫穿上了薄羽绒服，我穿得算是少的了。”

我笑着问道：“你的同学也和你想的一样吗？”

“嗯，差不多吧，我们都说——有一种冷叫妈妈说你冷。”

“什么？”我惊讶得差点儿去踩了刹车，因为和硕哥一样的经历我也有过，年少时的我也知道那是妈妈为了我好，但是年少时的我多数是选择了偷偷脱下去抵抗。就是在我有了硕哥之后，每年冬天妈妈依然会无数次地提醒我多穿点儿，每次我都会说“妈你放心吧，我已经不是小孩了，我知道冷热”。直到妈妈去世，我甚至没有一次听从妈妈的提醒而主动多穿点儿。

硕哥加重语气又说了一遍："有一种冷叫妈妈说你冷！"

我沉默了好一会儿，沉重地说道："硕哥，你比爸爸强多了！"

硕哥听出了我语气中的沉重，很小心地问道："爸爸，你像我这么大的时候，奶奶也……"

我努力地笑了笑说道："硕哥，不仅是在爸爸像你这么大的时候，就是有了你之后，每年冬天奶奶依然会无数次地提醒爸爸多穿点儿……但是，爸爸甚至没有一次听从奶奶的提醒而主动多穿点儿。而且，爸爸根本没有想过奶奶会担心爸爸一整天……"

硕哥的手轻轻地放在了我的肩膀上，安慰我说道："爸爸，我也不是因为妈妈的提醒而主动多穿的，是妈妈全程监督，我不得不多穿的。"

在硕哥的安慰下我快速调整了心情，笑着说道："爸爸知道那是奶奶对爸爸的爱，但是爸爸像你这么大的时候，甚至到现在，爸爸想不出这么好、这么经典的话。"

硕哥开心地笑着说道："爸爸，是你不了解现在流行的话。"

"或许吧！"

硕哥沉默了片刻问道："爸爸，换成'有一种爱叫妈妈说你冷'会不会更好？"

我想了想，说道："我认为不好，妈妈对子女的爱都是一样的，是伟大的、无私的，无处不在、无时不在的，把妈妈的爱藏在两个'冷'字里更妙一些。"

我从后视镜里看见硕哥点了点头。

我的脚轻轻地踩下了油门，我和硕哥同时开心地大喊了起来："有一种冷叫妈妈说你冷……"

一个包包的爱情

这座依然陌生的城已经没有让东阳留恋的主体了。

看着一对牵着手、满脸洋溢着幸福的恋人从窗外走过，东阳的思绪被带回了三年前。他只身来到这座陌生的城，他和紫莹也这样手牵着手，满脸洋溢着幸福走过这座城的大街小巷……

“我也许不该来的……”

一阵熟悉得不能再熟悉的声音打断了东阳的思绪。

牛仔裤、白衬衣，在东阳的眼中，紫莹依然是最美的。

东阳急忙站起身，温柔地说道：“请坐！”

紫莹轻轻地咬着嘴唇，犹豫着。

东阳看着紫莹的眼睛，依然温柔地说道：“我下午就要离开了。”

紫莹避开了东阳清澈的眼神，双手非常小心地护着她故意背来的漂亮包包，慢慢地坐下，身体尽量向后靠了靠。

“三年前，我们……”

“我记得这里。”紫莹看着东阳，继续平静地说道：“东阳，过去已经过去了。”

东阳咬着嘴唇轻轻点了点头：“我知道。”

紫莹微微向前倾了倾身体，浅浅地笑了一下说道：“东阳，祝你一路顺风！”

“紫莹，谢谢你！”东阳看着紫莹的眼睛，笑着说道：“紫莹，当年我承诺过要送给你一个独一无二的……”

紫莹把一直护着那个漂亮包包的双手慢慢打开了：“东阳，把过去的一切都忘了吧。”

东阳的目光是被紫莹的双手吸引过去的，看见那个包包的瞬间他愣住了。

紫莹淡淡地说道：“他告诉我，这样的包包在全世界只有两个一模一样的，另一个在巴黎获得了国际金奖。”

“这……”

紫莹轻轻叹了口气说道：“东阳，我知道你非常有才华，也非常努力，但是……”

东阳苦涩地笑了一下，问道：“紫莹，这就是你重新选择的根本原因吗？”

紫莹轻轻笑了笑，说道：“东阳，一个包包真的能代表很多。”

东阳追问道：“比如呢？”

“比如，能得到这个包包的实力，我在他心中的重要程度，这两点已经足够了！”

东阳心里苦苦地说道：“也许，还有幸运的成分。”

紫莹开心地笑了：“当然有幸运的成分，我能得到这个包包就是我最大的幸运。”

东阳的右手慢慢伸向了他身边的一个纸袋。

紫莹轻轻摇了摇头：“东阳，留着以后送给一个爱你的人吧！”

东阳的右手停住了，看着紫莹轻声地问道：“为什么不能送给一个我爱的人呢？”

“东阳，你爱的人不一定爱你，但是爱你的人一定爱你！”

东阳慢慢地闭上了双眼，不是为了控制泪水，而是为了重启心中的爱情……

“东阳，保重！”

……

东阳睁开眼睛的时候，紫莹已经离开了。

一个温柔的声音在东阳的身后响起：“为什么不告诉她？那样的包包在全世界有三个高度相似的，被你定义为瑕疵的那个在巴黎获得了国际金奖，而她背着的是被你定义为次品的。”

东阳笑了：“我定义的完美包包送给你可以吗？”

“我没有紫莹漂亮。”

“以后，我亲自设计的亲手制作的我认为完美的包包都送给你可以吗？”

“东阳，我会永远爱你，但是……”

“明月，以后我爱的人也一定是爱我的！”

一个娇小的身躯扑进东阳的怀里，抽泣着说道：“东阳，我偷偷地买了和你同一班的机票……”

失衡的爱

夏沫和秋阳的爱情终于走到了尽头。

夏沫平静地说道："找个地方坐坐吧！"

秋阳像平日一样轻轻地点了点头。

……

夏沫轻轻地搅动着卡布奇诺，内心深处的七分委屈和三分忧伤一同被搅动了。

秋阳还是老样子，静静地坐在那里、静静地等着咖啡变冷。

"秋阳……"夏沫内心深处的七分委屈和三分忧伤化作了一滴泪水。

秋阳抽出一张纸巾，精准地放在了夏沫右手停下的位置。

夏沫轻轻擦了两下眼角，笑了笑说道："不好意思！"

秋阳轻轻地把纸巾盒向夏沫推了推。

……

卡布奇诺见底的时候，犹豫再三的夏沫还是问出了心中早有了答案的问题："秋阳，你们男人真的……真的是条件好了就变心吗？"

秋阳看着夏沫，缓缓地笑了。

五年前，这张笑脸是夏沫每时每刻都在期待的。两年前，夏沫开始感觉这张笑脸很假，尤其是在人多的时候，甚至感觉那是对她的一种侮辱。现在，夏沫感觉是在嘲讽她。

"别人我不了解，我只知道我自己。"

夏沫心中深处的七分委屈变成了愤怒，轻轻苦笑了一下，在心里大喊道："说得多么冠冕堂皇，你只知道你自己，你知道什么，知道变心的你对我伤害有多大吗？"

"条件变化了，无论男人还是女人都会发生一些改变的，但是……"秋阳看向了窗外，继续淡淡地说，"有些是不应该改变的，有些是不能改变的。"

夏沫内心深处的三分忧伤也变成了愤怒，冷冷地哼了一声，问道："说得真好听，这个世上还有什么不应该改变，还有什么不能改变？"

秋阳看着夏沫缓缓地笑了。

"你……"夏沫感觉自己的心都在颤抖。

"能让我回答完你的问题吗？"

“你说吧！”

“我不喜欢喝咖啡，无论是蓝山还是卡布奇诺，以前不喜欢，现在依然不喜欢。我喜欢喝茶，以前喜欢现在依然喜欢。我喜欢吃臭豆腐，以前喜欢现在依然喜欢。”

夏沫心中的气愤开始减弱，慢慢地看向窗外。

“以前你经常会帮我买臭豆腐，现在我吃完臭豆腐刷两遍牙，你依然会嫌我嘴臭。”

夏沫心中的气愤开始崩塌，随口又问了她曾经问过很多很多次但是一直不理解的问题：“一定要吃臭豆腐吗，吃榴梿不行吗？”

“我不喜欢榴梿，我喜欢臭豆腐！”

“你……”夏沫差一点儿又随口问了她曾经问过很多很多次但是一直没有得到过答案的问题——“你的档次能不能提高点儿”？

“不能！”

夏沫的心头一紧：“为了我你也不能吗？”

“不能！”

委屈和忧伤瞬间平分了夏沫的心情，转过头看着秋阳问道：“为了我也为了提高你的档次，这点小小的改变都做不到吗？”

秋阳缓缓地笑了。

夏沫依然感觉秋阳是在嘲讽她，咬了咬嘴唇问道：“我很可笑吗？”

秋阳轻轻摇了摇头：“第一，我喜欢吃臭豆腐是刻在骨子里的，这点你曾经知道，不再吃臭豆腐对我而言绝对不能算是小小的改变；第二，我认为吃不吃臭豆腐和我的档次毫无关系，我认识的很多人、比我的档次高很多很多的人也都喜欢吃臭豆腐；第三，把吃臭豆腐和我的档次关联在一起的只有你；第四，你以前并不嫌弃臭豆腐，也不嫌弃吃臭豆腐的我。”

“嫌弃”这个词深深地刺痛了夏沫，愤怒在内心深处肆无忌惮地爆发了：“我嫌弃你？秋阳，我要是嫌弃你我当年就不会义无反顾地爱上你，现在是你的条件好了，是你嫌弃我了……”

秋阳静静地看着夏沫。

“你……”夏沫委屈的泪水瞬间夺眶而出。

秋阳再次轻轻地把纸巾盒向夏沫推近了些，静静地等着……

突然，连续两声响亮的擤鼻涕声瞬间吸引了半个咖啡厅的目光。

夏沫急忙止住了伤心的泪水，快速整理一下自己，低着头说道：“对不起，是我太伤心、太气愤了！”

秋阳的眼神里掠过了一丝甜甜的暖意，轻声问道：“为什么说对不起？”

“因为……”夏沫抬起头看着秋日，轻轻咬住了嘴唇。

“从我认识你的那天起，这个习惯你从未改变过。”

夏沫认为这是秋阳对她的嘲讽，冷冷地说道：“我知道很丢人，但是当我很伤心、很气愤的时候我就完全控制不住自己。”

秋阳轻轻摇了摇头：“无论过去、现在还是未来，我都不认为那是丢人的事。”

“你……为什么？”

秋阳缓缓地笑了：“认识你的时候，你的一切都在我的眼中。爱上你之后，你的一切都在我的心中。你的一切都在我爱的范围之内，好的，我为之骄傲；不好的，我定义为那是你的个性。你喜欢的，我会努力去喜欢。”秋阳轻轻叹了口气继续说道：“违背道德标准的事我会坚决制止，因为我不想我爱的人和我的家被贴上不道德的标签。我认为可能会危及我们感情或未来的事，我会大发雷霆，因为我真的想——执子之手，与子偕老！”

夏沫感觉自己的心被狠狠地攥了一下，过去的一幕幕开始在她眼前浮现……

“后来，你要求我进步、要求我努力，我知道那是为了我好、为了我们好、为了我们的家好。当时，你没变我也没变。”

夏沫紧紧地咬住了嘴唇。

“再后来，我的条件好了，家的条件也好，我依然喜欢喝茶、喜欢吃臭豆腐，我依然记得我们相爱的初衷，我依然记得你要求我努力进步的初衷，在我心中最在意的依然是原来的你、原来的我们……”

两行热泪缓缓流过了夏沫的脸颊。

“可是，你变了，你变得很高档，对我的家人开始居高临下，对我的一些朋友开始冷眼相待，对我开始百般挑剔，甚至认为是我拉低了你的档次。”

秋阳苦涩地笑了一下，继续说道：“我的人没变，心也没变，是你爱我的标准变了，我们的爱失衡了！”

算　卦

刘舒的小日子虽然过得风轻云淡，但是绝对舒心温暖。

一天，刘舒被闺蜜硬拉着去算了一卦。大师收下三十元台费后，让她对生活和人生有了新的认识。

“你本是大富大贵的命啊，但是……”

闺蜜急忙追问道：“大师，但是什么？”

大师轻轻叹了口气：“有些东西，现在虽然是你的，但是不代表别人不惦记。”

闺蜜再次帮着追问道：“大师，您能不能明确指点一下？”

大师轻轻摇了摇头：“天机呀！”

刘舒急忙掏出了五十元钱。

大师收好钱，笑着说道：“目前什么东西对你的生活和人生最重要，你心里清楚。”

……

刘舒在第一时间就找到了答案，目前对她生活和人生最重要的就是她的爱人马力。刘舒心中暗想，既然别人惦记，那我就看紧一点儿、抓紧一点儿！

晚上，刘舒撒娇一定要看马力的手机。

马力笑着问道：“怎么，不信任我了吗？”

“哎呀，我不是不信任你，我就是想看看吗！”

马力把手机递给刘舒后开玩笑说道：“你帮我重新设置我的手机密码呗！”

“好啊！”刘舒说完拿着马力的手机去了卧室。

……

次日，单位有一个重要会议，马力之前准备的大部分资料都存在了手机里。手机密码真的被刘舒重新设定了，而且根本没告诉马力。

马力用单位的固定电话给刘舒打电话，刘舒没接。又借同事的手机给刘舒打电话，刘舒依然没接。

因为准备不充分，马力被器重他的老领导狠狠地批评了一顿。

晚上，听马力诉完苦后，刘舒淡淡地说道：“昨晚是你自己说的，让我重新设定你的手机密码，而且你是知道的，陌生号码我是从来不接的。”

马力苦笑着说道："那你到是告诉我一声啊！"

"你没说过让我告诉你呀！"

……

第一战完胜。

刘舒决定同步实施抓紧一点儿的计划。她明知马力正承担一个重要项目的研发，依然每天一到下班时间给马力打电话，撒娇让马力回家给她做好吃的。刘舒拿捏得非常准，在撒娇的办法即将失效的时候，马上就更换了陪她回家看看老人的办法，今天是刘舒的爸妈，明天是马力的爸妈，后天顺势拓展到了最好的朋友，大后天又冒出了一个好多年不见的好朋友……

被逼无奈的马力敞开心扉地和刘舒谈了一次，并保证重点项目研发成功之后，工作之外的时间全部听刘舒安排。

刘舒只坚持了两天就变卦了，开始以自己身体不舒服为由让马力回家陪她，今天是头疼、明天是腰酸、后天是心脏不舒服，大后天……

马力明知道刘舒就是在作妖，但是相信各种作妖背后的理由是刘舒在乎自己、害怕失去自己，一直忍之、让之、听之。

当项目研发进入最关键的阶段，老领导亲自找到了马力："小马啊，我只问你两个问题。第一个问题，家庭方面你有没有做过不该做的事情？"

马力轻轻摇了摇头。

“我相信你。第二个问题，从现在起你能不能保证全身心投入项目研发？”

“能！”

……

当晚，马力再次敞开心扉地和刘舒谈了一次。

当晚，马力就带着行李搬进了单位的宿舍，开始全身心投入项目研发。

刘舒看着空荡荡的房间，内心深处不由得产生了一丝疑问——自己是不是做得太过分了？但是八十块钱买来的箴言随即就打消了她的疑点。

次日一早，刘舒以马力爱人的身份直接闯进了实验室。

“马力呀马力，我说你怎么不愿意回家呢，单位好啊，年轻的、漂亮的好几个呢……”

……

刘舒把离婚的消息告诉父母后，刘舒的爸爸好半天才回过神来，问道：“是你俩谁变心了吗？”

“爸爸，你还不了解你女儿吗？”

“我还了解小马呢，你把所发生的一切客观地给我讲一遍。”

“我俩一直都挺好的，我闺蜜带我去算了一卦……我要是再看紧点儿、再抓紧点儿，也许……”

刘舒的妈妈轻轻叹了口气说道：“闺女呀，你让我说你什么好呢？”

刘舒的爸爸重重地叹了口气，说道：“一条路走到尽头之后，如果只剩下疑问，那是可悲的！”

忠厚的老马

马本初是十里八乡第一个外出打工的农民，在大城市里摸爬滚打、跌跌撞撞了大半年，才凭着勤勤恳恳、吃苦耐劳的本色成长为一名优秀的职业建筑工人。

该钉五个钉子马本初绝对不会少钉一个，万一钉歪了必须起出来重钉，就是凭着这份认真的劲头，年轻的马本初很快赢得了“老马”的称号，工头叫一声老马那是心中的一份信任，工友叫一声老马那是心中的一份尊重。

岁月在老马脸上刻画的皱纹一道道增加，老马真的变成了老马。当年背起行囊、背井离乡的使命已经完成了，唯一的儿子已立业成家，而且小日子过得本本分分、红红火火，自家的老宅子两年前也翻建成了气派的二层小楼。

今年年初，在儿子和老伴儿的劝说下，老马真的想放下行囊，重新拿起锄头和镰刀，去享受田园生活。但是，在老马心中唯一放不下的是去年才跟着他一起外出打工的牛娃子。牛娃子和老马同村，按辈分牛娃子喊老马一声三叔，老马是看着牛娃子长大的，一晃儿到了该成家的年龄，但是牛娃子既没有一份自食其力的收入，又没有对未来的规划。牛娃子的亲爹老牛着急，老马这个三叔也着急。

去年年初，老马对牛娃子说了两句话，第一句是“谁让你小子上学时候不好好读书，凭力气干活挣钱不丢人！”第二句是“你小子不想风风光光地把邻村的刘家丫头娶进门吗？”这两句话让牛娃子鼓足勇气，背起行囊，心甘情愿地跟着老马走了。

老马心里清楚牛娃子跟自己走出去仅仅是完成了第一步，还有第二步是吃得下打工人的辛苦、第三步是耐得住打工人日复一日的寂寞和第四步是禁得住大城市形形色色的诱惑。

去年一整年，牛娃子在老马的监督下顶住了风吹日晒，用黝黑的脸和结实的胸膛证明了他吃得下打工人的辛苦。

今年早些时候，牛娃子的心思有些活分了，问老马：“三叔，咱们打工人到底算什么？”

老马看着牛娃子笑了：“咱们打工人就是蜜蜂，哪里有花海咱们就去哪里采蜜，咱们采完蜜呀，花开得更艳了，果实也更饱满了。”

牛娃子一脸不解地问：“三叔，可是蜂蜜和果实咱们也没享受着啊？”

老马的眼睛一瞪：“胡说，你看看咱老家村口原来的那条土路，从水泥路又变成了柏油路，还一直修到了每家的门口，你再看看咱老家的山山水水一年比一年更青、更绿，那些就是咱们享受的蜂蜜和果实。”

牛娃子看着老家的方向，想了好一会儿才重重地点了点头。

老马问道：“再说，你看看咱们盖起来的那些高楼大厦，你心里不骄傲吗？”

牛娃子看着自己结满老茧的双手开心地笑了。

老马心里高兴，牛娃子的第三步算是过关了。

……

在去火车站的路上，路过一个人工湖的时候，牛娃子对老马说：“三叔，时间还早，坐会呗，我有些心里话想和您说说。”

“中！”

牛娃子认认真真地向远处看了好一会儿，才小声地对老马说：“三叔，我想再拼命干上两年，一是风风光光地把刘丫娶回家，二是我想把后山承包下来散养土鸡，土鸡和土鸡蛋城里人都稀罕着呢，还可以开个农家乐，让刘丫当老板……”

老马听完开心地笑了：“娃呀，三叔彻底放心喽，这第四步你娃……”

就在这时，从旁边经过的一只金毛狗突然挣脱了狗绳，追上了前方一个骑着自行车的七八岁小女孩，围着小女孩撒欢地叫着、扑着，小女孩被金毛狗吓到了，大哭着一边加速蹬自行车一边回头寻找自己的家长……

“谁家的狗子，吓着娃了……”

老马的话还没喊完，小女孩为了避开前面的金毛狗，向右一转车把，自行车顺着湖堤的斜坡加速冲了下去……

老马和牛娃子同时飞奔了过去……

人工湖的湖面已经结了一层薄薄的冰。自行车一冲上冰面就片倒了，自行车压着小女孩的一条腿向湖中心的方向滑出了十几米远才停下，数条裂缝追着小女孩和自行车一路散开，冰冷的湖水沿着大一点儿的裂缝缓缓地向上涌，小女孩一边大哭着一边挣扎着想要站起来……

老马急忙大喊：“娃，趴下、快趴下，千万别动……”

幸运的是，小女孩听话地趴在了冰面上，她身下薄薄的冰面暂时放缓了开裂的速度……

牛娃子飞快地脱掉了上衣，在踏上冰面的瞬间被老马一把拽到了身后。

牛娃子焦急地说道：“三叔，我会狗刨。”

“傻娃子，湖水太凉了，你还没成家呢。”

老马说完一脚踏碎了冰层，在齐腰深的冰冷湖水中拳肘并用连砸带推，深一脚浅一脚地冲向小女孩……

把小女孩扛在肩上的时候，老马顺手把自行车甩向了岸边……

小女孩被家人紧紧搂进怀里的时候，满脸洋溢着胜利和欣慰的老马拉着牛娃子悄悄离开了。

……

小女孩的家人向一切能求助的人求助，终于打听到了老马家的住址，全家人立即带着厚礼追到了老马家。

老马说什么也不肯接受谢意，搓着双手局促地说道：“小事儿，小事儿……”

小女孩的爸爸双眼噙着泪水，哽咽着问道：“叔，这可是救了我女儿性命的恩情，您怎么能说是小事儿呢？”

老马喃喃地说道：“见死不救才叫大事儿，丢了祖宗的脸才叫大事儿！”

小 华

"小华"是一个人的名字，也是一家乡村饭店的名字。

说起小华这个人，必须尊称她为华姐。绝对不是因为她的年龄，更不是因为她那张饱经风霜的脸，而是因为她的质朴、勤劳、干练和坚守。

我认识华姐，华姐也认识我。但认识的程度仅限于我知道她是小华饭店的老板，她知道我是经常去她店里吃饭的客人。

我认识华姐是从小华饭店开始的。

二十几年前，从松原去长春除了铁路只有一条302国道，小华饭店就在出城约十公里处的302国道边上。第一次选择小华饭店的时候完全是出于简单对付一口的心态，第一次走进小华饭店的直观感觉是有点儿脏且有点儿乱，第一口免费水豆腐让我找回了豆香醇厚的定义，第一口免费大碴粥让我找到了小时候的味道，猪肉血肠烩酸菜绝对是正宗的东北农家味道，肉肠、面肠和油滋啦都是本滋本味。

二十多年过去了，岁月更迭，物事逐风，小华饭店一点儿没变，依然是有点儿脏且有点儿乱，门口免费的现摊煎饼依然是那个味道，免费的水豆腐依然是豆香醇厚，免费的蘸酱菜依然是在追着时令变化，免费的大碴粥依然是小时候的味道，猪肉血肠烩酸菜、肉肠、面肠和油滋啦已经固化了我胃的记忆。华姐也一点儿都没变，我依然叫她华姐，水豆腐依然是华姐亲手做的，煮大碴粥的玉米依然是严格按照华姐的要求种植的，酸菜依然是华姐亲手腌制的。我也没变，想吃猪肉血肠烩酸菜的时候就直接去小华饭店，因为那是固化在胃里的记忆，同时也是真的没有其他选择。

几年前我就想写一写小华的故事，但是一直明确不了重点，准确一点儿应该说是无法去定义小华的高度。前一段时间听一个朋友的朋友夸夸其谈商道的时候，有感而发瞬间定义了小华的高度——商道典范、人道榜样。

但是我必须为“商道”限定一个范围，仅限于松原市本市的餐饮界，因为第一我不是专家，第二我看见的和了解的仅限于小华饭店。“人道”也必须设定一个范围，仅限于小华饭店之内的华姐，因为我对小华饭店之外的华姐一无所知。

我定义小华为商道典范的理由有两点，一是从我第一次走进小华饭店算起，已经过去了整整二十三年，放眼松原市本市的餐饮界，超过二十三年的老店寥若晨星。二是在二十三年中，我和家人、同事、朋友等去过小华饭店不下百次，每次去小华饭店几乎都是客满状态，等着服务员翻台是常事儿。其实这两个理由是一个理由，小华饭店火了二十三年，而且依然火着。即使放眼全国超过二十三年的老店中，一直火着的饭店有多少？

有很多人反驳过我的定义。

一说：“在农村开饭店，自己家的房子没有房租压力。”

我问：“城里人没有用自己房子开饭店的吗？房租压力是决定一家饭店能否火了二十三年的必要条件吗？”

二说：“客人对农村饭店的要求标准比较低，在农村开饭店相对容易。”

我问：“小华饭店附近也开过类似的农家杀猪菜，为什么都干黄了？如果在农村开饭店真的相对容易，那城里那些把饭店干黄了的老板为什么不去农村东山再起？”

三说：“农村人比较实在。”

我问：“你是说农村开饭店的人实在，还是去农村饭店吃饭的人实在？对应城里，是开饭店的人不实在，还是去城里饭店吃饭的人不实在？”

四说：“小华饭店根本不上档次！”

我问：“不上档次的饭店就能火二十三年吗？”

……

好多人说过，我也对应问过好多人。没有一个人说的是小华饭店火了二十三年的根本原因，都是扯了一些不是理由的理由去掩盖小华饭店火了二十三年的理由，甚至不敢去承认小华饭店火了二十三年。

小华饭店为什么火了二十三年？门口的免费煎饼摊了二十三年，免费的水豆腐、蘸酱菜、大碴粥足量供应了二十三年，猪肉血肠烩酸菜、肉肠、面肠和油滋啦二十三年味道不变、菜量不减，这些就是小华饭店火了二十三年的原因。

再去对比一下，小华饭店的免费水豆腐，比我在其他饭店吃过的老板自以为傲的招牌菜豆花更醇香；小华饭店免费的大碴粥比专业卖大碴粥的店的大碴粥更好；华姐亲手腌制的酸菜比任何知名品牌酸菜的味道更正宗，而且绝对没有添加任何防腐剂。以上三点是我和去过小华饭店的家人、同事及朋友等小范围的共识。还有一个重点，烩酸菜的猪肉都是正经好猪肉，这是一个曾经做过冷鲜肉的朋友的评价。

没有人反驳过我的对比，但是仍然有很多人不愿意接受我的定义。我问过一些不愿意接受我的定义的人，为什么不愿意接受小华饭店是商道典范？

一说：“一家乡村饭店太小了。”

我问：“商道典范最基本条件是成功，火了二十三年的成功小吗？”

二说：“商道典范至少要有些激励或是励志的因素。”

我问："一家农村饭店保持了二十三年味道不变，二十三年的坚守不算是励志因素吗？"

三说："商道典范必须要有德的因素。"

我问："免费的水豆腐、蘸酱菜、大碴粥足量供应了二十三年，烩菜不够吃可以随时免费添加，打包烩菜的时候可以免费加一大舀子，就连免费的大碴粥都可以打包，等等，还有在猪肉价格飞涨时期依然保持价格不变，这些不算是德的因素吗？"

三又说："你说的那些都是营销手段。"

我问："真材实料、货真价实、童叟无欺、待客如朋，算营销手段还是算以德服人？"

四说："商道典范应该有自己的创新或是高大上的举措。"

我问："现场摊煎饼免费赠送和包地种玉米熬大碴粥免费赠送算不算是小华饭店的创新，在松原市市区范围内的饭店中还有第二家吗？还有比二十三年坚守真材实料、货真价实、童叟无欺、待客如朋更高大上的举措吗？"

……

不愿意接受我的定义的人都没有回答我的问题。这已经足够了，因为每个人都有自己的接受标准，和我在几年前无法定义小华的高度是一样的，当时我也是在亲眼看着小华的成功，而且"商道典范"这个词在我脑海里也是有的，但是从未想过把两者联系在一起。真是要感谢我那位朋友的朋友，他夸夸其谈的商道都是高大上的，都是纸上谈兵级别的，都是貔貅属性的，而且在他的商道中完全没有真材实料、货真价实的痕迹，更没有坚守的理念。我在心中否定他的同时定义了小华的高度——商道典范、人道榜样。

定义小华为人道榜样的理由就简单了，因为这个“人道”的范围仅限于小华饭店之内的华姐。如果用笑迎宾客去形容华姐，是需要加上二十三年始终如一和对每一个客人一视同仁的。当然我也看见过华姐的怒脸，那一定是在服务员怠慢了客人或是后厨浪费了食材的时候。

我听一位同事讲过一件小事，同事和他朋友有一次去小华饭店吃饭，吃完饭后忘了结账直接就走了，华姐追出门后笑着说道：“老弟，这顿饭算华姐请的，以后想吃再来！”同事和他朋友才想起没结账，立即道歉并结了账。这既算是一件小事又不算是一件小事，说算是一件小事是因为只是一件客人忘了结账的小事，说不算一件小事是因为老板华姐的处理方式和态度，华姐的处理方式是“这顿饭算华姐请的”，华姐的处理态度是“以后想吃再来”。试问，这一句话有几个饭店老板能说出口？

其实我根本不必去说明人道榜样的理由，二十三年每天坚持亲自磨水豆腐还不足以证明华姐的勤劳吗？二十三年味道不变、菜量不减还不足以证明华姐的坚守吗？二十三年每天接待几百名客人还不足以证明华姐的干练吗？

如果没去过小华饭店或是只去过几次或是在路上看见华姐，绝对没有人会相信我定义的——商道典范、人道榜样。

我算是幸运地认识了小华二十三年，也算是幸运地和几个好友共同留意过几家饭店的兴衰，真的是没有对比就没有震撼，没有对比就看不出德得与怨失。以下是几个比较典型的真实故事：

好友洛川家小区附近新开了家牛尾养生锅。和好友洛川第一次去的时候在套餐之外点了一份筋头巴脑，很明显是冷冻时间很长的冻货，不但串了味而且在部分边缘处还有风干的痕迹，好友洛川提出疑问的时候，亲自上菜的老板瞪着眼睛说是当天上午新烀的，筋头巴脑就这样。好友洛川笑了，我也笑了，没有必要去和老板争论。我们吃过筋头巴脑，我们也知道新烀的筋头巴脑是什么样的，但是我和好友洛川可以选择再来或是再也不来，其他客人也可以选择来或是再也不来。老板做人还是有原则的，好友洛川也听别人说过类似的事情。高大上、装修考究的牛尾养生锅开业不到一个月就进入了休眠状态，不到半年就关门了。

好友洛川的总结：“那货以为他瞪着眼睛成功欺骗了客人，其实客人的心里都明镜似的，甚至都在等着看他什么时候凉凉。那货欺骗的不是客人，而是他自己！”

××××铁锅炖是好友博少带我去的。那是让我佩服的一家店，店里一共有七个包房，开业之初是厨师、小个子经理在加上两个服务员，大约一个月后服务员少了一个，大约三个月后就剩厨师和小个子经理两个人了。在大约半年的时间里，是小个子经理一个人脚不沾地地撑着整个店，而且还是时常爆满的。发生过两次不愉快之后我和好友博少才决定告别他家的，第一次是我和好友博少点了二斤排骨，当时小个子经理告诉我们店里只剩一斤排骨了，结账的时候也是按照一斤排骨40元收的钱，第二天打电话跟我说查账单的时候发现少收了我们一斤排骨的钱，我当时什么都没说就给他补了40元钱；第二次是好友博少带了一条八斤多的野生胖头鱼，下锅的时候我们都没注意，开吃的时候才发现不但没有鱼泡而且鱼也少了一块中段，小个子经理的解释是拿来的鱼就那么大，就没有鱼泡。好友博少是最喜欢吃鱼泡的，在把野生胖头鱼亲手交给小个子经理之前是一直用眼睛瞄着的。后来，好友博少听别人说小个子经理故意多算钱，被客人发现后骂过好几次。再后来，××××铁锅炖关门歇菜了。

我现在依然佩服那个小个子经理，第一是他一个人就能撑起一家店，第二是他经营的店火了一年多。用友好博少的话说："有能力开好一家店，而且也开火了一家店，最后被自己的贪婪打败了！"

××烧烤店是我和好友大宇共同发现的，烤串的味道真的不错，而且还是卫生A级的店。火了三四年之后，对客人的要求突然变高了，三个人不能坐四人位的餐台，只能坐两人位的餐台再加一把塑料凳子，很多串必须十串起，基本取消了热串的服务，等等。大约一年之后，生意冷清了，老板开始推出各种优惠活动，什么办理会员卡赠送50瓶啤酒（每次每桌仅赠5瓶）、会员卡里预存1000赠送300（赠送的300每次每桌只能使用30）、发朋友圈减5元，等等，各种手段用尽，但生意依然冷清。

好友大宇听××烧烤店老板的朋友说，前几年赚的钱都赔光了，还在苦苦支撑着。

×××饭庄是我一个朋友的朋友开的。我爱人最喜欢吃他家的香芋地瓜球和农夫烤鱼，每次去都必点。听朋友说只有八张散台和五个包间的×××饭庄最好的时候每天营收超过两万元。我决定不再去×××饭庄原因有三，一是菜品的质量至少下降了四分之一，二是服务态度至少打了七折，三是香芋地瓜球炸得越来越差、农夫烤鱼不是太咸就是太淡。

我曾经对朋友说过我的三个原因，朋友说，好多人都给老板提过意见，每次老板都是一笑了之，飘了。后来，我听朋友说×××饭庄重新装修改成了××××火锅。再后来，我听朋友说××××火锅转让了。

……

每个成功的饭店都有成功的努力，每个失败的饭店也都有失败的必然。饭店的方向掌握在经营者手中，每个经营者都有自己的想法和行动，在失败之前所有的想法和行动都是对的，在失败之后都能找到冠冕堂皇的借口去掩盖想法和行动。很多经营者都忽略了一个问题，无论其想法多么处心积虑，也无论其行动多么避影敛迹，让客人心里舒服的就是好的，让客人心里不舒服的就是坏的。

饭店的商道就是经营者人道的体现，德，得之；怨，失之！

小华饭店火了二十三年，我定义为商道典范当之无愧；华姐二十三年初心不变，我定义为人道榜样内省不疚。

等价的无价

上周五下午，我接到了江洛川的电话。

“三哥，我想明天借用你一天，有没有空？”

“有空。”

“三哥，明早五点我去接你。”

我笑着说道：“洛川，超过十二小时按两天算。”

“明白。”

“洛川，你要豆浆还是小米粥？”

“都要。”

“明白。”

……

上了高速后，江洛川才告知借用我的用途——去参加他发小康禾家孩子的喜宴，他想喝点，回程由我开车。

目的地是一座三面环山一面绕水的小村庄。江洛川按照记忆中的路线精准地找到了康禾的家。仅听了江洛川的一句简单介绍，康禾就把我这个初次见面的陌生人直接当成了朋友，也跟着江洛川一口一个三哥地叫上了。

从江洛川的车上往下搬东西的时候，我无意中看见康禾的眼神中闪过一丝浓浓的难色，但仅仅是一闪而过。

中午的宴席堪称完美，猪、羊、鸡、鸭都是自家养的，鱼和虾都是河里纯野生的，青菜都是从自家菜地现摘的，烟、酒、糖、茶都是江洛川带来的，唯一的瑕疵就是我这个硬着头皮上台的主持人不够活泼、不够喜庆。

等宾客散尽收拾停当之后，准备返程的江洛川和我被康禾一家人拦下了。

“大川，你和三哥今天必须留下！”

江洛川看着我，眼神里绝对没有让我帮忙找借口返程的暗示，我立即笑着说道：“洛川，超过十二小时按两天算就行！”

江洛川笑了：“大禾，我和三哥留下，但是明天上午必须让我们走。”

康禾立即开心得像个孩子，笑着说道：“大川，你和三哥先去凉棚里喝点儿茶休息一会儿，等会儿我领你们去河边捕鱼捞虾，明天早上再上山采蘑菇。”

这样的安排是我和江洛川都不舍得拒绝的，乐颠颠地去喝茶、等着。

一是我和江洛川都没有午睡的习惯，二是我和江洛川对捕鱼捞虾前的兴奋都是没有抵抗力的。

就在江洛川给我大讲特讲他小时候跟着康禾去河里捕捞、去山上采摘的种种回忆时，康禾拿着一沓钱走进了凉棚。

“大川，这些钱你先拿着。”

“大禾，你要我帮你买啥？”

“我不买啥，先给你一部分烟钱和酒钱，茶钱我不知道多少，你说个数，糖钱就不给你了，剩下的秋后我再给你送去。”

江洛川笑了：“大禾，那点儿烟酒糖茶就是我的一点儿心意。”

“大川，那可绝对不行，钱太多了！”

“大禾。”江洛川轻轻咬了一下嘴唇继续说道，“当年，我结婚的时候，你借了一辆农用车，足足开了一夜，满满的一车。”江洛川控制了一下情绪继续说道，“大鱼、小鱼和虾，足足一百多斤，你说河里野生的比养殖的好；一只羊、二十多只鸡鸭，都是宰杀好的，你说是家里养的；七八种青菜，你说都是自家菜地的；还有干蘑菇、鲜蘑菇、野菜，你说是山上采的……”

江洛川仰起头努力控制着泪水，大声说道：“大禾，我当年真的很困难，但是有你！”

康禾一时不知所措地小声说道："大川，过去的事还提它干啥？"

我看见了江洛川的泪水，急忙站起来说道："大禾，我绝对比你更了解现在的江洛川，他虽然不是有钱人，但是买那些烟酒糖茶绝对丝毫不影响他的日常消费。"

"三哥，那些都是好烟、好酒、好茶，太贵了！"

我看着康禾说道："大禾，是好烟、好酒、好茶不假，但都不是最好的，野生的鱼虾、自家养的羊和鸡鸭、自家种的青菜、山上采的蘑菇和野菜才是最好的。"

"三哥，不能那么比！"

"大禾，你对洛川的感情和洛川对你的感情呢？"

康禾轻轻咬住了嘴唇。

"大禾，你和洛川之间的发小级真情是一样的，都是无价的，两个无价就是等价的。"

"三哥……"

我打断了康禾问道："大禾，你知道洛川让我陪他来的真实目的吗？"

康禾轻轻摇了摇头。

"他是想喝点儿，让我开车。他现在很少喝酒，他想喝点儿是因为他真心为你高兴。"

康禾开心地笑了："三哥，我现在就去准备渔具。"

……

在河边，三个中年大老爷们儿玩得比孩子还疯，衣服湿了又干、干了又湿，欢乐的笑声一直没停过，我们直到晚霞染红了河水才扛着满满的渔获打道回府。

在山上，蘑菇和野菜似乎都不欢迎我和江洛川，都去列队迎接康禾了。虽然我和江洛川两个人实际采摘的加在一起还没有康禾一个人采摘的一半多，但是有明一把巧取和暗一把豪夺的帮忙，最后下山的时候，三只竹篮里的蘑菇和野菜基本是一样多的。

出发前，车里塞得比来的时候还满。康禾把所有东西都分成了两份，一份是我的，另一份是江洛川的。

在回程的路上，我一边开着车一边和江洛川抢着点评各种纯真美味，抢着回忆在河边的欢乐，抢着炫耀在山上明一把暗一把的巧取豪夺。

车子在江洛川家小区内停稳后，江洛川认真地说道："三哥，谢谢你！"

"洛川，谢谢我给你开车？"

江洛川笑了："康禾是很固执的，说服他很难。"

我也笑了："洛川，我也要谢谢你！"

"三哥，谢河边的捕鱼捞虾还是上山的巧取豪夺？"

我认真地说道："洛川，无价的真情已经少见了，两个等价的无价真情是罕见的！"

江洛川自豪地笑了。

荒诞故事——那能咋地

家大业大公司的运输队新调来一个熊队长。熊队长遇事总喜欢用一句“那能咋地”决断。

运输队新采购了一辆九米六的厢式货车，是运输班班长吴语亲自跟着去提的车、落的户。上完牌的第二天，吴语就满院子找不到新货车了。

新货车的钥匙有两套，一套在吴语手里，另一套由车辆总调度胡统保管。吴语找总调度胡统询问新车去向的时候正好碰见了熊队长，熊队长笑呵呵地说道：“吴班啊，我一个哥们急用车，我借给我哥们了，五七八天他用完就送回来了。”

“熊队，明天总公司有一批重要设备要运去新疆，其他货车都小毛病不断，万一在路上抛锚……”

熊队长大手一挥：“好好检修一下不就行了吗，那能咋地？”

去新疆的货车不出意料地在途中抛锚了。救援、修车等花了三万多块。

听完吴语的汇报后，熊队长大手一挥：“车在路上哪有不发生故障的，我给你签字报销，那能咋地？”

半年后，熊队长的朋友把面目全非的新货车送了回来，吴语不敢接车。熊队长的大手又一挥：“车哪有不坏的，修车不就完了吗，花多少钱我都给你签字报销，那能咋地？”

崭新的货车被借出去了半年，修车的费用又花了三万多，有不少人提出了质疑。面对质疑的熊队长依然是大手一挥：“单位的便宜我可一分都没占，我就是把车借给朋友用用而已，那能咋地？”

“那能咋地”就是熊队长决断单位一切事情的法宝，运输队上上下下都渐渐习惯了，也都渐渐学会了。

……

休假回来的熊队长在单位大门口蒙了，因为单位气派的大门被换成了麻绳。

熊队长冲进门卫室，大声问道：“老贾，大门呢？”

门卫老贾不慌不忙地说道：“领导，我朋友家的大门坏了，我把单位的大门借给他用几天。”

熊队长的鼻子都气歪了：“你咋能把单位的东西……”

门卫老贾抢着说道：“我朋友用几天就送回来了，用根麻绳拦着也保证不会丢东西，那能咋地？”

熊队长没法接话了，气呼呼地离开了门卫室。就在心里盘算着怎么收拾老贾的时候，熊队长突然发现单位的大院里竟然一辆货车都没有，他随手拨通了吴语的电话：“吴班啊，你在哪儿呢？”

“熊队，我朋友家有点小活儿，我把我自己借给了朋友。”

“你、你跟我请假了吗？”

“熊队，单位的便宜我可一分都没占，我就是把自己借给朋友用用而已，那能咋地？”

“你……”

熊队长气愤地挂断了电话，随手拨通了车辆总调度胡统的电话，没等他开口就听见了胡统的声音：“大哥呀，我一个干物流的朋友这几天车打不开点了，我把单位的货车都调去帮忙了，我正在高速上呢，先挂了，拜拜！”

熊队长心里这个气呀，刚要张嘴骂娘，突然又发现办公大楼的门窗都不见了，小跑进办公楼后发现各办公室内的桌椅、电脑等等，也都不见了。就好像在拆楼之前进行的彻底搬家。

熊队长一口气拨通了十几个电话。

“熊队，小孩感冒了，我在家陪几天……那能咋地？”

“领导，我家电脑坏了，孩子着急上网课，我把电脑拿回家用几天……那能咋地？”

“熊队，我朋友办了个培训班，借了几套办公桌椅和几台电脑，用个五七八天的……那能咋地？”

“领导，我朋友新建了养猪场，定制的门窗还没到，我把单位的门窗拆了，先借他用几天……那能咋地？”

“队长哥哥，我前男友要一个人去旅游，怪可怜的，我陪他几天就回来……那能咋地？”

……

熊队长狠狠地把手机摔到了地上，骂了一句：“那能咋地？我是队长，那能咋地！”

再摸象

马总经理、牛总经理、熊总经理、苟总经理、侯总经理，一行五个总经理在动物园考察的时候听说园里刚刚从外国引进了一头没有年龄记录的大象。

马总经理习惯性地乐开了花，说道：“四位总啊，这从外国引进的没有年龄记录的大象绝对是难得的宝象呀！”

牛总经理习惯性地说道：“宝象就必须研究研究！”

熊总经理习惯性地点了点头。

苟总经理习惯性地眯起了眼睛。

侯总经理习惯性地抓耳挠腮说道：“四位总啊，那还等啥呀？”

没等侯总经理的话音落地，苟总经理就一个高窜了出去，马、牛、熊三位总经理甩开大步，双手配合着步型紧随其后，侯总经理一边跳跃着追赶一边在心里骂道："苟总经理啊苟总经理，你真是狗性啊，一声都不喊就抢跑！"

要说身体素质，还是牛总经理略胜一筹，一口气跑完三百多米后不到两分钟气就喘匀了。

牛总经理大嘴一咧，说道："我说四位总，这可是从外国引进的，而且是没有年龄记录的宝象，要是摸上一摸……"

侯总经理喘着粗气打断了牛总经理："四位、四位总哥，要是摸就必须一起、同时摸……"

熊总经理打断了侯总经理的话："那是必须的！"

苟总经理抢着说道："必须同时摸，我喊'一二三'！"

马总经理白了苟总经理一眼，冷冷地说道："你可拉倒吧。这样，我们一人挑一个位置。"马总经理看了一眼熊总经理继续说道，"等我们五个人都站好后，由熊总经理喊'一二三'。"

熊总经理看了马总经理一眼后轻轻点了点头。

马总经理举着双手紧挨着大象肚子的右侧站好了，牛总经理端着双臂紧挨着大象的左前腿站好了，熊总经理想了想环着左臂紧挨着大象的右牙站好了，苟总经理转了一圈后双手呈扑抓状紧挨着大象的鼻子站好了，侯总经理挑挑选选后探出右手紧挨着大象的屁股站好了。

熊总经理向左转头冲马总经理轻轻眨了一下右眼后，大声喊道："预备，一、二、三，开始！"

马总经理听见“预”字的瞬间，双手和左脸同时紧紧地贴在了大象肚子的右侧；牛总经理听见“备”字的瞬间，双臂紧紧地抱住了大象的左前腿，右脸也贴在了大象的左前腿上；苟总经理听见“一”字的瞬间，双手立即紧紧地握住了大象的鼻子；侯总经理听见“一”字的瞬间，右手立即攥住大象的尾巴飞快地在脖子上缠了一圈；熊总经理喊出“预”字后左臂就紧紧地搂住了大象的右牙，“备”字喊出口后右臂也紧紧地搂住了大象的右牙，“一”字喊出口后抬起右腿直接骑在了大象的右牙上。

……

十分钟之后，马总经理是第一个许完自己心中愿望的人。双手和左脸依然紧紧地贴着大象肚子的右侧，他说道：“四位总啊，我们今天有幸摸到了从外国引进的，而且还是没有年龄记录的宝象，我们是不是应该总结一下？”

牛总经理是第二个许完自己心中愿望的，双臂依然紧紧地抱着大象的左前腿，右脸也依然紧紧地贴着大象的左前腿附和道：“必须总结一下！”

熊总经理是第三个许完自己心中愿望的，双臂依然紧紧地搂着大象的右牙，右腿依然骑在大象的右牙上，拿腔拿调地说道：“我们不但要总结，而且要总结得有层次、上档次！”

苟总经理是第四个许完自己心中愿望的，双手依然紧紧地握着大象的鼻子，抢着说道：“我们可都是堂堂总经理，不但要总结得有层次、上档次，而且还要总结得提纲挈领、高屋建瓴。”

侯总经理是最后许完自己心中愿望的，轻轻地松了松缠在脖子上的大象尾巴，抢着说道：“我作为总经理有幸摸到了从外国引进的，而且还是没有年龄记录的宝象，我总结一下，这个，啊，是不是，这个宝象啊真是宝象啊，又细又长，就像一条神奇的绳子……”

苟总经理是第二个抢着总结的：“侯总经理总结既对又不对，这个宝象啊绝对宝象，也绝对是神奇的，但是这个宝象绝对不像一根绳子，这个宝象像什么呢？又粗又长，就像是一条神奇的金线蟒……”

牛总经理实在忍不住，打断了苟总经理说道：“侯总经理和苟总经理总结得都对又都不对，这个宝象啊绝对宝象，也绝对是神奇的，但是这个宝象既不像一根绳子也不像一条金钱蟒，宝象像什么呢？”牛总经理用左手轻轻拍了拍大象的左前腿继续说道，“宝象究竟像什么呢？像一根大柱子，为什么像一根大柱子呢？”

熊总经理耐着性子听完了牛总经理的长篇大论，清了清喉咙说道：“侯总经理、苟总经理和牛总经理总结得都对又都不对，这个宝象啊绝对宝象，也绝对是神奇的，但是这个宝象既不像一根绳子也不像一条金钱蟒更不像一根大柱子，宝象究竟像什么呢？”熊总经理用左脸轻轻蹭了蹭大象的右牙继续说道，“宝象究竟像什么呢？又光又滑的，就像梦中情人的纤纤玉腿……”

马总经理最后总结：“侯总经理、苟总经理、牛总经理和熊总经理总结得都对又不对，这个宝象啊绝对宝象，也绝对是神奇的，但是这个宝象既不像一根绳子也不像一条金钱蟒更不像一根大柱子，用梦中情人的纤纤玉腿来形容也不全面，宝象究竟像什么呢？这个宝象啊又厚又大，简直就像一堵墙……”

听完马总经理的总结后，大象暗暗叹了口气：这五个货还不如上次那五个盲人呢！

一条真的假腰带

曲真明在某网上买了条很漂亮的腰带。带着几分炫耀一顿展示之后神秘地问单位同事王家成："成哥，你猜猜我这条腰带花了多少钱？"

王家成盯着曲真明腰间那条漂亮的腰带，在脑海中开始认真地搜索他所知道的品牌。

曲真明一本正经地提示道："成哥，这可是国际一线大牌子，叫什么'格格木'。"

王家成立即从搜索品牌的思考模式切换到了了解曲真明平时的消费习惯的模式。

"成哥，再给你个提示，这是我在网上买的。"

王家成暂定了一个价格，试探着问道："一千元？"

"成哥，你这么看得起我？网上买的，往少了猜。"

王家成笑了："五百？"

"再往少了猜。"

王家成伸出了两根手指："二百？"

曲真明笑了："成哥呀，你是不了解网络呢，还是不了解我曲真明呢？"

王家成也笑了："一百块钱？那可太便宜了！"

曲真明自豪地伸出右手，岔开五根手指在王家成眼前晃了一下，说道："成哥，我再给你最后一次机会，打折……"曲真明又晃动了一下右手继续说道，"再打折，再往少了猜。"

"一百的五折是五十，五十的五折是二十五，二十五再往少了猜，二十四、三、二、一？"

"成哥，我真服了你了，二十，再少一点点。"

王家成笑了："十九块九啊？"

曲真明飞快地点了点头："还包邮。"

"真明，你再转个圈我看看。"

"转圈看啥呀！"曲真明说完直接解下腰带递给了王家成。

王家成接过那条十九块九还包邮的国际一线大牌格格木腰带仔细观察了一遍，除不是真皮之外，几乎无可挑剔。

曲真明笑着说道："成哥，我上官网查过了，标志和字母都没错，就是人家官网上没有这款产品。"

王家成把腰带还给了曲真明，笑着说道："真明，那你可算是捡着漏儿了！”

“成哥，网上店铺的销量十万加。”

王家成认真地说道：“排除品牌因素，就按做工和质量衡量，十九块九还包邮，你这条腰带绝对物超所值。”

“成哥，我怎么感觉你有点儿怀疑我的意思呢？”

王家成笑了：“真明，是你的感觉错了。”

曲真明掏出手机调出了购买记录：“成哥，这下你百分之百相信了吧？”

“真明，哥对你一直是百分之百相信的。”

“成哥，我给你买一条呗？”

“真明，哥真不需要……”

曲真明打断了王家成，问道：“成哥，你嫌太便宜了还是嫌太次了？”

“真明，不带这么唠嗑的！”

……

两天后，曲真明当着王家成的面拆开包裹，拿出了一条和他腰间那条一模一样的腰带，仔细检查完后说道：“没有残缺。”说完扔给了王家成。

王家成接住腰带后，随手把一盒烟扔给了曲真明。

曲真明笑了：“成哥，你这不亏了吗？”

王家成一边更换腰带一边问道：“一条腰带我能系好几年，一盒烟你能抽两天吗？”

“成哥，你怎么说，我真没法和你犟！”

……

一天，王家成去单位办公室盖公章。

在单位以追求名牌出名的公章管理员游丽几乎从王家成走进办公室就开始一直盯着王家成腰间那条十九块九还包邮的腰带。

盖完章后，游丽笑着问道：“王哥，什么时候开始奢侈的呀？”

王家成一头雾水：“奢侈？我什么时候奢侈了？”

“王哥，格格木的腰带，国际一线品牌，折扣促销还五千多块呢，我前几天才给我对象买了一条，还不奢侈？”

王家成恍然大悟，笑着说道：“我这是假的，十九块九，包邮。”

“王哥，你少谦虚了，和我给我对象买的那条一模一样，新上市的，网上根本就没有卖的……”

……

王家成回到自己的办公室后，立即用微信给曲真明发了三个加急暗号。

不到一分钟，曲真明就一脸焦急地闯进了王家成的办公室：“成哥，什么情况？”

王家成一边用右手的食指敲着自己的腰带，一边笑着问道：“真明，你从实招来，这条腰带到底多少钱？”

曲真明笑了："成哥，给我一千块钱，我再给你买五十条，给我一万元也行，我给你买五百条。"

"我刚才去单位办公室盖章，游丽说这是真的，她前几天才给她对象买了一条，一模一样，花了五千多，还说是新上市的，网上根本没有卖的。"

……

十几秒的沉默之后，王家成和曲真明几乎同时笑了。

曲真明叹了口气，说道："成哥呀，全是假的呀！"

直播间学院

财有才是方圆百里之内公认的大才子。上知太阳系八大行星的排列顺序和太阳黑洞，下知马里亚纳海沟的深度是11034米，中间知道美国总统家也曾养过一条叫旺财的狗。

有人向财有才请教如何减肥，财有才张口就来：“这个减肥呀，有科技疗法、节食疗法、运动疗法、龟息疗法、辟谷疗法、以暴制暴疗法、基因疗法，等等，太多了。这科技疗法中还分纳米疗法、微电子疗法、无创疗法，等等。我再给你细说，纳米疗法中又分九纳米级疗法、七纳米级疗法、五纳米级疗法、三纳米级疗法，马上就推出了……这节食疗法中还分为上午节食疗法、中午节食疗法、晚上节食疗法……”

财有才讲解得层次清晰、结构合理；请教减肥的人听得明明白白、清清楚楚，对财有才佩服得五体投地，心悦诚服。几天之后，请教减肥的人终于想到了一系列的问题：我到底该选择哪种疗法减肥呢？如果选择科技疗法中的纳米级疗法，再选纳米级疗法中的五纳米级疗法，五纳米级疗法到底是什么呀？

又有人向财有才请教如何养生，财有才稍加思索就出口成章："这个养生啊，很简单，有快乐养生、科技养生、节食养生、辟谷养生、基因养生、爱情养生、天然养生，等等，太多了。这个快乐养生中还分上午快乐养生、中午快乐养生、晚上快乐养生，等等。我再给你细说，晚上快乐养生中又分运动快乐养生、心情快乐养身、睡眠快乐养生，梦中快乐养生马上就要研究成功了……这个辟谷养生中还分为一天辟谷养生、两天辟谷养生、三天辟谷养生……"

财有才讲解得依然是层次清晰、结构合理，请教养生的人听得也是明明白白、清清楚楚，对财有才佩服得同样五体投地，心悦诚服。几天之后，请教养生的人也终于想到了成串的问题：我到底该选择哪种方法养生呢，如果选择快乐养生中的晚上快乐养生，再选晚上快乐养生中的运动快乐养生，怎么运动才能快乐呢？

……

虽然向财有才请教过的人得到的仅仅是一堆风马牛不相及的名词而已，但是丝毫不影响财有才名气的暴涨。随着名气的暴涨，财有才涉猎的领域越来越广，笃信他的人也越来越多，甚至他老丈人牙疼都直接找他请教如何治疗。对老丈人是必须谨小慎微的，财有才先根据病从口入的理论分析出了牙疼的成因，再参照追本溯源之法找到了病根，最后选择釜底抽薪疗法拿出了最佳治疗方案——在某直播间里给他老丈人买了一副防紫外线、防蓝光、防老年痴呆的老花镜。

财有才的老丈人对自己姑爷笃信不疑：自己是因为吃了不干净的东西才牙疼的，自己为什么会吃了不干净的东西呢，那是因为自己老眼昏花没看清楚，直接去治疗牙齿就相当于扬汤止沸，戴上能防紫外线又能防蓝光还能防老年痴呆的老花镜直接釜底抽薪才是上上之策。

五天后，在家里正一边晒着太阳一边做着白日梦的财有才被他老婆两大巴掌打醒了。

“你让我爹戴老花镜治牙疼，我爹今天住院了，医生说牙颌骨骨髓都发炎了……”

财有才捂着脸，委屈地争辩道：“病从口入的理论绝对正确……追本溯源之法……釜底抽薪……”

“还犟嘴、还犟嘴……”财有才的老婆继续骂道：“成天捧着破手机看呀学呀，把直播间都当成学院了，里面的牛鬼蛇神胡咧咧啥你就信啥……给我爹都支高粱地里去了……马上去医院伺候我爹……”

财有才一边往医院走一边想：病从口入的理论没错呀，追本溯源之法也没错呀，釜底抽薪就更没错了，难道是我这个直播间学院的高才生错了吗？

慢下来就是艺术

天下武功，唯快不破！

那慢下来呢？

这个问题江洛川思考了好多年，最近才想通。想通这个问题的灵感来源于一段视频。

视频中一位清秀的女孩在演示茶道，女孩的每一个动作都很慢、很优雅。

一起看视频的妻子随口说道："这才叫茶道，你那个只能叫泡茶。"

江洛川在心中问自己：我那个，就不能叫茶道吗？

江洛川又完整地看了一遍视频。视频中女孩所做的每一个动作，他在泡茶的时候也都做了。

那为什么在妻子眼中却天差地别呢？

江洛川第三次加速播放了一遍视频。看完之后，他笑了，屁颠屁颠地去让妻子也看了一遍加速播放的视频。

妻子看完惊讶地问道："速度快几倍差别这么大吗？"

江洛川看着妻子问道："我要是把动作放慢几倍去泡茶，是不是也能算是茶道？"

妻子笑了："你现场演示一下呗。"

……

妻子喝下一杯茶之后，认真地评价道："除了你的手粗糙一点儿、人长得丑一点儿之外，完全有茶道的感觉了。"

江洛川笑着问道："能不能算是一个手糙、人丑的人在给你演示茶道？"

妻子认真地说道："绝对算！"

……

一样的流程、一样的动作，放慢速度就是茶道。

江洛川恍然大悟：动作慢下来就是行为的艺术！

心慢下来会是什么呢？

……

一天，儿子放学回到家中，带着一脸小心地看着对江洛川说道："爸爸，今天数学小考，没及格。"说完，儿子就深深地低下了头。

"你数学小考竟然没及格？"就在话即将出口、气愤即将上头的瞬间，江洛川想到了"心慢下来会是什么"的问题。他停顿了一下，轻轻地拍了拍儿子的肩膀，温和地说道："小考而已，今天爸爸给你做了好吃的。”

儿子虽然是带着一脸惊诧拿起碗筷的，但是吃饭的心情丝毫没有受到影响。

饭后，江洛川笑着问儿子：“大儿，今天在学校发生过什么有趣的事吗？”

儿子想了想说道：“考数学的时候发生了一件算是有趣的事吧。”说完轻轻地低下了头。

江洛川拉着儿子坐下，笑着说道：“快给爸爸讲讲。”

“数学小考的时候，我同桌……翻动卷子的时候把她的保温杯碰倒了……”儿子紧张地看了江洛川一眼。

江洛川笑着问道：“你当时生气了吗？”

“爸爸，我同桌不是故意的，她还是个文静的小女生。”

江洛川竖起大拇指赞道：“好儿子，有男子汉气概！”

儿子立即眉飞色舞地说道：“保温杯里的水很热，当时我同桌吓得都要哭了，我一个瞬移躲开……闪电出手抓住保温杯……谁都没烫着……”

江洛川看着儿子，开心且自豪地笑了。

“爸爸，半张数学卷子被……”

“儿子，爸爸给你打满分！”

“好啊，爸爸，我去写作了。”

……

休完假上班的江洛川一走进办公室就发现了两个变化：一

是办公室重新刮大白了，二是自己养了好几年的两盆兰花不见了。

下午，江洛川去其他办公室沟通工作的时候，发现自己的那两丛兰花正摆在一个平时很少接触、爱占小便宜的女同事的桌上。但是，两盆兰花的花盆都被换过了。

就在想要提出疑问的瞬间，江洛川又想到了“心慢下来会是什么”的问题，于是装作什么都没看见。

次日下午，那位女同事抱着其中一盆兰花敲开了江洛川办公室的门，半红着脸说道：“江哥，实在不好意思，昨天你去我办公室的时候，我没想到该怎么向你解释，那两盆兰花就是你的……你办公室刮大白的时候，工人不小心把两个花盆都砸坏了……我买了两个花盆……我再把那盆给你搬过来……”

江洛川笑着说道：“十分感谢你挽救了两盆兰花。”江洛川掏出钱包继续说道，“两个花盆多少钱？另一盆兰花送给你……”

“江哥，花盆钱我绝对不要，但是……”女同事开心地笑了，“另一盆兰花，那就谢谢江哥了。”

江洛川笑着摇了摇头：“请你一定收下花盆钱，否则这盆兰花我不要。”

女同事竟然瞪大了眼睛说道：“江哥，你要是给我花盆钱，那盆兰花我就不要了！”

……

江洛川看着开得正艳的兰花，脸上露出了笑，因为他找到了答案：心慢下来就是生活的艺术！

一面障思

“一面障思”这个词是博少造的。

故事的经过是这样的。

某个周日的下午，我、江洛川和博少一起喝茶的时候，博少接了一个电话，顺手按下了免提键。

“博哥，我看见你的车了，你在附近吗？”

博少是不会撒谎的，一脸难色地说道：“我，我在附近。”

“太好了，太好了，你出来接我一下……”

博少挂断电话后一脸难色，咧着嘴看着我。

我急忙笑着说道：“博少，你的朋友我热烈欢迎。”

“三哥，不是朋友，只能算是一个熟人而已。”

江洛川笑着说道：“博少，我喜欢看热闹。”

博少笑了：“那行，我出去领他进来。”

……

紧紧跟着博少进来的人一直在滔滔不绝地讲着某种产品，坐下之前用眼角扫了我和江洛川一下，坐下之后很随意、很粗鲁地把江洛川送到他面前的茶杯推到了一边，从背包里取出一个包装精美的盒子，继续讲道：“这一大瓶是三百六十粒，同时补充身体所需的全部微量元素，一天一粒才两块钱……我都吃好几年了，效果真的非常非常好，你看我现在……我老婆、孩子也都吃好几年了……”

真的是超绝的讲解，我和江洛川静静地看着、听着。

博少有些受不了了：“我买一瓶……”

博少第一次被打断了。

“博哥，你咋能只买一瓶自己吃呢，这么好的东西，我嫂子、我大侄子呢？”

“我先吃一段时间试试……”

博少第二次被打断了。

“博哥，你要是信不过我，我认了，这可是专家、大明星和大网红三位一体共同代言的造福人类的产品……”

博少无奈地说道：“我不是信不……”

博少第三次被打断了。

“博哥，人家专家、大明星和大网红都是因为吃得好了才推荐的、才代言的……”

博少忍着听完后说道："这不是信不信得过谁的问题……"

博少第四次被打断了。

"博哥，那是啥问题？"

博少无奈地说道："问题是在我的认知中，根本就没有能同时补充身体所需全部微量元素……"

博少第五次被打断了。

"博哥，那是你的认知太局限了、肤浅了，这可是最新的高科技产品……"

江洛川在认真聆听的时候忍不住点燃了一根烟。

应该是江洛川的烟吸引了博少的熟人，他正经八百地看着江洛川，带着四分高傲的语气说道："哥们，你也买几瓶吧，抽烟诱发肺癌，补充微量元素对你们抽烟的人尤其重要。"

我看见博少轻轻地皱起了眉头。

江洛川没出声。

博少的熟人瞬间在语气里又增加了几分高傲，说道："哥们，说真的，你们认识我博哥算是超级幸运的，现在很多人加价想买都买不到……"

博少站了起来，涨红着脸说道："打住，我不耽误你赚钱了，你去卖给那些加价想买都买不到的人吧！"

……

博少回来后不好意思地说道："川哥，对不起！"

我笑着说道：“博少，我的熟人里和你川哥的熟人里都有类似的熟人。”

江洛川轻轻叹了口气说道：“这类人啊，被那些专家、大明星和大网红骗得五迷三道的。”

博少也叹了口气，问道：“川哥，你说他们是不会思考呢，还是没去思考？”

江洛川想了想说道：“就拿刚才那哥们儿为例，从他的行为、语气和语言三方面分析，他的思考能力绝对有，但是逻辑混乱。”

博少不好意思地笑了笑，说道：“那些专家、大明星和大网红就像一片片叶子。”博少停顿了一下继续说道，“一叶障目不见泰山，是因为一片叶子能遮挡住人的眼睛。一片叶子也能遮挡住人的思考，一叶障思。”

江洛川笑着说道：“博少，一片叶子是真实的，那些专家、大明星和大网红绝对不如任何一片叶子真实。”

博少轻轻点了点头说道：“川哥，那些专家、大明星和大网红表现出来的只是他们个体的其中一面，甚至是伪装、表演用的一面，确实不如任何一片叶子真实，一叶障思有侮辱叶子的嫌疑，用一面障思吧！”

我赞道：“博少，一面障思，经典的概括。”

江洛川沉思了片刻，问道：“博少，真的是被别人的一面遮挡了自己的思考吗？”

博少看向了我。

我说道："确实有很多人看见一面就相信一个整体，忘记了有美颜十级和修图神器。甚至人云亦云，根本不用看，听了就信。"

博少若有所思地笑了。

江洛川笑着说道："博少，分享一下呗！"

"川哥，还有很多人把别人的一面当做借口。就像我的那个熟人，我了解他——不粘毛比猴都精，满脑子的小聪明。他说他自己吃了好几年，我不信；他说他老婆和孩子也都吃好几年了，我更不信。他想从我这儿赚钱才是真的，他是因为钱'一面障思'了。"

博少的话让我想起了很多很多我"一面障思"的行为，随即陷入了沉思：我能跳出"一面障思"的势力范围吗，谁又能跳出"一面障思"的势力范围呢?

卖鱼的老刘

常年在江边卖鱼的有三个人，老刘是其中之一。卖鱼的时间段是早上五点至七点，也正是很多人沿江晨跑的时间段。

我之前认为在江边卖的鱼一定都是现打现卖的野生江鱼。认识老刘之后，我之前的认为被否定了三分之二，因为只有老刘卖的鱼是百分之百现打现卖的野生江鱼，其他两家或多或少都掺了一些从市场批来的种类不同、大小不同的养殖鱼。掺假的手段很高明，把批来的各种养殖鱼掺在各种野生江鱼堆里让买鱼人随便挑，或是先把批来的各种养殖鱼连鱼带水泼到渔网上，再当着买鱼人的面从渔网上现摘。这两种最常用、最有效的掺假手段，老刘都领着我悄悄参观过。老刘还告诉我：什么看鱼的颜色、看鱼的肥瘦都是扯淡，你去市场看看什么颜色的养殖鱼没有，养殖鱼买回来饿它几天不就瘦了吗！

随着交情的日益加深，老刘把每天卖鱼的工作分给了我一半，分我一半是因为我不去江边的时候他只能自己卖。老刘反复叮嘱我要牢记三点：一是要价一定要十五块钱一斤；二是大的活鱼一定要拎着尾巴控干水后再称秤；三是收钱的时候一定要抹个大零头或是赠送几条鱼，给买鱼的人打个八折。

我问过老刘好几次为什么要牢记那三点，老刘始终没告诉我原因。帮着老刘卖鱼的时间长了，我渐渐明白了：老刘和另外两份常年在江边卖鱼的认识几十年了，交情不熟，脸面熟。人家都卖十五块钱一斤，他卖十二块钱一斤，脸面上过不去；他要是也卖十五块钱一斤呢，面对那些买鱼的老主顾，他心里又过不去。要价十五块钱一斤，不伤脸面，收钱的时候抹个大零头或是赠送几条鱼，实际是按照十二块钱一斤卖的，老刘的心里就过去了。一条七八斤重的大活鱼拎着尾巴至少能空出三四两水，三四两水那可就是五六块钱，老刘卖的是江鱼而不是江水。

时间久了，我和老刘开玩笑："老刘，你算没算过，你卖一年江鱼比他俩卖一年鱼少卖多少钱？"

老刘笑了："一年平均打上来的江鱼总量都差不多，一天平均也就四十斤左右，他俩卖十五块钱一斤，每天七点之前顶多能卖出去一半，七点之后剩下的鱼贩子统收是七块钱一斤，平均不超过十一块钱一斤。我虽然实际是按照十二块钱一斤卖的，但是天天都能卖光，这么算，一年不比他俩少卖钱。"

我追问道：“要是算上他俩掺假的养殖鱼呢？”

“嗨，他俩从市场批来的养殖鱼平均匀也得五六块钱一斤，一天也糊弄不出去几斤。再说了，人家鱼贩子都认识，不收那些养殖鱼。活的养殖鱼他俩自己家都不吃，死的白送人都不领情。”

我笑了，郑重地递给老刘一根烟，算是表达我心中对他由衷的佩服：用实实在在完胜了连坑带蒙！

老刘点燃烟后，笑了：“你帮我卖鱼的时候，和他俩相比，我还能去多捞两网江虾，平均一天三五斤是有的。”

我开心地笑了。

贪小失大

这个故事是博少给我讲的。

大约在一年前，博少家小区附近新开了一家叫洋意的理发店，小店装修很有特色，男士理发的定价是二十元，比附近其他理发店高五元，开业期间五折优惠。

博少第一次去洋意理发店是因为当时有点晚，其他理发店都打烊了。理完发，老板兼理发师直接报了二十元的价，博少直接扫码付了二十元。博少一是对新理的发型比较满意，二是多少有点喜欢刚刚开业的洋意理发店的装修风格，从此变成了洋意理发店的常客。

大约在半年前的某天，博少在洋意理发店理发前洗头的时候，老板问博少是否要使用一次性毛巾擦头发。博少是真的不喜欢用一次性毛巾，就回绝了。理发后，老板一边给博少洗头一边说道："现在头皮感染真菌的人越来越多，头皮感染真菌后超级难治，用店里的毛巾不安全。"

博少随口问了一句："你店里的毛巾不干净吗？"

老板悻悻地说道："干净也不如一次性毛巾。"

博少半开玩笑地问了一句："那我下次来，自己带毛巾？"

老板不悦地说道："那你就自己带吧！"

过了半个月，想理发的博少伸手拉开了洋意理发店的门，突然想起自己没带毛巾，转身去了另一家理发店。理发前洗头的时候，博少随口问了一句："你店里的毛巾干净吗？"

老板笑着说道："毛巾虽然不是一次性的，但每次顾客使用完我们都会及时清洗、烘干，请您放心。"

……

博少每次去理发都忘了带毛巾，每次也就不得不排除了洋意理发店，从洋意理发店的定期顾客又变回了随机选择理发店，渐渐地淡忘了洋意理发店。

四天前，博少因为带了毛巾，才想起了洋意理发店，但洋意理发店却关门出兑了。

博少只好就近随机选择了一家没有顾客正在理发的理发店。理发的时候，博少随口问了一句："知道洋意理发店为什么关门出兑吗？"

"干黄了！"

“黄了？”

老板笑着说道：“我从头给你讲吧。我和洋意的老板曾经在一个培训班学习过，他的理发水平确实很高。洋意这个店名是他自己取的，寓意是洋洋得意，为什么洋洋得意呢？他认为他的水平比附近的都高。开业的时候他直接把男士理发的价格提高了五元，装修风格和五折优惠确实吸引了很多顾客，但是他在开业当天就直接向理完发的男顾客要二十元，个别顾客提出异议时他就说他忙忘了。从第二天开始，就对提出异议的顾客说开业期间过了，但是玻璃门上超级醒目的‘开业期间五折优惠’两排红字一直贴着。”

博少回想起了他最后一次去洋意理发店的经历，笑着说道：“这事我真不知道。我大约有一年没去过洋意了，是因为我总忘记带毛巾。”

老板笑着说道：“这是洋意关门出兑的另一个重要原因。这一片的理发店家家都备有一次性毛巾，当店里没有干毛巾的时候或是顾客声明使用一次性毛巾的时候，我们都是免费提供给顾客的。洋意老板的头脑比较灵活，如果顾客使用了一次性毛巾，在结账的时候每条一次性毛巾加收一元钱。”

博少是真不知道在洋意使用一条一次性毛巾是要加收一块钱的，笑了笑说道：“我最后一次去洋意，理发前洗头的时候他就问我用不用一次性毛巾，我是真不喜欢用一次性毛巾就回绝了。理发后洗头的时候，他说头皮被真菌感染的人越来越多，而且头皮被真菌感染后超级难治，用他店里的毛巾不安全。我当时真的以为他是在关心我的头皮安全。”博少轻轻叹了口气，问道：“为了几毛钱至于吗？”

“那可不是几毛钱！一次性毛巾吸水性差，擦干像您这样的短头发至少得用一条，前后洗两次头就得用两条。一次性毛巾一大卷一百条，好点的批发价大约是三毛，两条就能多收一块多钱。据洋意老板自己说，一天最多用过两大卷一次性毛巾，卖一次性毛巾就赚了一百多，够他四天房租了。”老板看了一眼镜子中的博少，继续说道：“一开始，洋意老板仅仅是询问顾客是否选择使用一次性毛巾；后来就像对您一样，用真菌感染吓唬顾客让他们选择使用一次性毛巾；再后来，甚至故意不及时清洗、烘干毛巾，酸烘烘的都馊了。”

博少轻轻笑了笑，惋惜洋意的同时也庆幸自己没再去过洋意。

老板笑了：“在三四个月前，这附近有好几家都在店里贴上了‘一次性毛巾一元一条’的提示，洋意关门出兑之后，都撕掉了。”

……

陪 伴

王重九不错眼珠地盯着百米之外的那块巨石，心中既渴望那只白狼出现，又害怕那只白狼出现。

渴望是因为自己已经三天没进一粒粮食了。进山的路被罕见的大暴雪封得严严实实，补给什么时候能送来绝对是未知数，那只白狼至少能让自己再多撑半个月。害怕是因为在方圆几百里的白茫茫世界中，只有那只白狼陪伴着自己，如果它……

白狼准时在视线中出现了，王重九慢慢地打开了步枪的保险……

白狼嘴里叼着一只獾子慢慢地走上那块巨石，站在那，静静地看着王重九每日隐藏的位置……

王重九一点一点松开了手指……

白狼把嘴里叼着的獾子慢慢地放在巨石上，用爪子轻轻向前推了推。

在瞄准镜里看着白狼根根突兀的肋骨，王重九的心里迸发出了一种无法用言语表达的感动……良久，他才放下枪，慢慢地站了起来。

白狼似乎是带着骄傲轻轻嚎了两声，慢慢转身离开了。

……

肥美的獾子给王重九带来了好运，他在驻地的仓库里翻出了一张完整的渔网，更幸运的是他竟然在冰封的湖中网获了两条不小的鱼，他第一时间把大的一条放在了那块巨石上，回到他每天隐藏的位置静静地等着……

白狼准时出现了，站在那块巨石上，用爪子按着鱼，静静地看向王重九每天隐藏的位置……

王重九站起身，冲白狼骄傲地挥了挥手。

白狼慢慢叼起了大鱼。

……

山路终于打通了。补给队送补给上山后，王重九拒绝了轮换值守，因为他知道剩余的冬天对于那只白狼而言依然是艰难的！

半季虫

混沌初开、乾坤未定，盘古氏一边撑着天地，一边向万物传授各种技能。

有一种叫尖尖虫的动物学会爬行之后就目空一切了。困了，就舒舒服服地睡它个昏天暗地；闲了，就喋喋不休地嘲笑其他动物：天只有那么高，还学飞行呢，撞天玩呀？哎呀呀，笨死了，奔跑还用学吗？把腿往前扔呗！咋想的，学游泳，不怕淹死啊！

天一天比一天高，看着在空中自由翱翔的动物，尖尖虫很是羡慕，爬到盘古氏的脚下央求道："伟大的盘古氏，我也想在空中自由翱翔。"

盘古氏轻轻地叹了口气，说道："已经晚了，天每高一丈，万物就定一数，你之前没有学习飞行技能，现在已经没有长出翅膀的机会了。”

尖尖虫在心里暗暗诅咒：会飞了不起呀，掉下来就摔死！

盘古氏又轻轻地叹了口气，说道：“你可以学习其他技能来改变未来。”

尖尖虫急忙问道：“伟大的盘古氏，我还能学习什么技能呢？”

“还有很多很多，比如说打洞、垒窝、长毛、吐丝……”

尖尖虫一边听一边在心里反对：我脑子才不缺弦呢，学打洞，那不是自掘坟墓吗？真是服了，我才不学垒窝呢，地之大哪还找不到睡觉的地方！学长毛，太奇葩了吧，我可不想热死自己！真是无语了，学吐丝干吗，我又不想织毛衣！笑死了……

天一天比一天高，有风吹来、有雨落下，尖尖虫迎着风冒着雨艰难地爬到盘古氏的脚下央求道：“伟大的盘古氏，风把我的皮肤吹干了，雨又差点把我淋死，求求您救救我吧。”

盘古氏重重地叹了口气，说道：“已经晚了，天每高一丈，万物就定一数，你之前没有学习打洞、垒窝、长毛、吐丝等技能，现在就没有独自对抗风雨的能力了。”

尖尖虫苦苦哀求道：“伟大的盘古氏，求求您可怜可怜我，让我在风雨中安全地活下来吧。”

盘古氏又重重地叹了口气，说道：“你可以学习其他技能来保证生存。”

尖尖虫急忙问道："伟大的盘古氏，我还能学习什么技能呢？"

"还有很多很多，比如说共生、奉献、借壳……"

尖尖虫一边听一边在心里对抗：我才不学习共生呢，只有卑微弱小的动物才会选择共生；奉献，别开玩笑了好不好，我又不欠谁的，我只是想躲避风雨而已；借壳好像还不错，可以学习学习……

躲在各种壳里的尖尖虫安全地度过了好长、好长一段时间。

天一天比一天高，四季初定之时，尖尖虫背着捡来的壳子艰难地爬到盘古氏的脚下央求道："伟大的盘古氏，我受不了四季的温差变化，求求您救救我吧。"

盘古氏无奈地叹了口气，说道："乾坤既定，你还有最后一次学习技能的机会。"

尖尖虫急忙问道："伟大的盘古氏，我还能学习什么技能呢？"

盘古氏看着远方说道："迁徙！"

尖尖虫忍不住怒道："伟大的盘古氏，您没开玩笑吧，我只会爬行，而且还必须时时刻刻背着这个捡来的破壳子……"

盘古氏问道："你学还是不学？"

尖尖虫声嘶力竭地喊道："盘古氏，我是混沌初开的万物之一，我不学迁徙你也必须给我一个定数。"

盘古氏笑了：“那就给你半季吧！”

尖尖虫从此被称作半季虫。

……

传说，只有在芒种、夏至和小暑三个节气、在最阴暗的角落才有可能找到半季虫，但是从来没有人找到过半季虫，也没有人知道半季虫到底长什么样。也有传说，半季虫无处不在，但只能存活半季。

当真情遇见勤劳

这是一个真实的故事。

一九九八年八月初的一天，江洛川的表哥扛着一个蛇皮口袋敲开了江洛川的家门。

江洛川至少有十四五年没见过表哥了，但仍然清晰记得小时候骑着表哥脖子玩打仗冲锋时的快乐情景。江洛川急忙热情地把表哥拉进家里，找烟、沏茶，让爱人去买菜买酒。

表哥犹豫好久才满脸涨着难色地说出了缘由：家乡发大水，两晌多地的苞米眼看着绝收了，一家人的生计难以维持，想让江洛川帮忙找点活干。

江洛川为难了：第一，他听说过表哥家的情况，两个孩子大的刚上初中、小的在上小学，表嫂身体又不好，独自撑起一个家太难了；第二，水灾过后重建家园根本离不开表哥这个壮劳力；第三，在他的能力范围内是真找不到表哥能干的活。

再三考虑之后，江洛川东拼西凑了五千元钱交给了表哥，并且把他为难的三点全部和表哥明说了。第一和第二是事实，也是表哥心中最牵挂的，表哥相信江洛川也就相信了第三点。

江洛川记得表哥羊放得很好，笑着建议表哥可以买几只羊，一边放羊一边重建家园，下一年开春种地的钱他再帮表哥凑。

……

次年春天，表哥没来找江洛川。江洛川是真想去表哥家看看，但因为各种原因最终也没去成。

2004年4月中旬的一天，表哥第二次敲开了江洛川的家门。让江洛川震惊的是表哥专程来问他："羊太多了，该怎么处理？"

江洛川记得他当年曾经建议过表哥买几只羊，但是和"羊太多了"怎么也联系不上。

表哥娓娓道出了原委："小川儿，当年你不是让我买几只羊吗，回家以后我就挑便宜的买了二十几只，我寻思着把羊养到年底卖了就有来年种地的钱了……养到年底我又舍不得卖了……卖羊毛的钱大部分也让我买羊了……越养越多，现在已经两千多只了……"

江洛川打断了表哥，开心地笑着问道："表哥，当年的羊多少钱一只？"

表哥不好意思地笑了笑：“当年我都是挑最便宜的买的，大羊一百多块钱一只，羊羔子几十块钱一只。”

“表哥，现在的羊多少钱一只？”

“要是成批卖，至少也得五百元钱一只。”

江洛川开心地笑着，说道：“表哥，羊是你的，你愿意怎么处理就怎么处理。”

表哥有些急了：“小川儿，那可不行，钱是你给我的，羊也是你让我买的。”

江洛川想了想说道：“表哥，这样，就算是我当年借给了你五千块钱，你把五千块钱还我，你家的羊和我没有任何关系。”

表哥急了：“小川儿，你这说的是什么话？”

江洛川看着表哥说道：“表哥，我当年就有那么点能力……”

表哥打断了江洛川，动情地说道：“小川儿，当年要是没有你……”

江洛川打断了表哥，说道：“表哥，我小时候还骑着你的脖子玩打仗冲锋呢……”

表哥再次打断了江洛川，瞪着眼睛说道：“小川儿，一码归一码，这几年羊毛、羊粪也没少卖钱，我用卖羊毛、羊粪的钱翻盖了房子、扩建了羊圈……”

江洛川再次打断了表哥，问道：“表哥，我以后要是遇到困难，你帮不帮我？”

“帮！”

……

我听江洛川说，他和他表哥的分歧到现在也没解决。

两筒钢笔

这是江洛川昨天下午给我讲的故事。

一周前，他受人之托去调查、评估两家私营公司的负责人。在无法推脱的前提下，在周密考虑之后，江洛川精心准备了两筒漂亮的钢笔，带着去两家公司培训企业文化。

同样的通知、同样的培训内容。

X公司三十九人带着笔和本参加培训，提前五分钟全部进入了会议室。培训开始前江洛川精心准备的一大筒漂亮钢笔被拿走了四十二支，课间休息的时候笔筒里剩余的八支漂亮钢笔也被拿走了，培训结束后有五人向江洛川询问漂亮钢笔还有没有。

Y公司四十一人带着笔和本参加培训，也是提前五分钟全部进入了会议室。培训开始前江洛川精心准备的一大筒漂亮钢笔被拿走了十四支，课间休息的时候又被拿走了七支，培训结束后有十一个人把漂亮钢笔送回了笔筒。

江洛川最后交给委托人的调查、评估结果就是那两筒漂亮的钢笔在两家公司不同的结局。

听完故事后，我由衷地赞道："洛川，你太高明了！"

江洛川苦笑了一下，说道："三哥，我也没想到两筒漂亮钢笔的结局会差别那么大。"

我说出了作为一名听众的看法："X公司的三十九人都带了笔本，根本不需要钢笔，因为漂亮就拿了，而且有人还多拿了，课间休息的时候去拿光了，培训结束后还有五人想要再拿。简单按照数量计算，三十九个人都想占便宜，也都占到了便宜，其中有十一个人多占了便宜，还有五个人赤裸裸地去找你索要，想再多占些便宜。"

江洛川叹了口气说道："在笔筒的旁边是我故意用白纸黑字写的五个大字——借用请归还！"

"洛川，真的会有人看不见那五个大字，你相信吗？"

江洛川笑了："都怪我挑选的钢笔太漂亮了！"

我继续发表我的看法："Y公司的四十一个人也都带了笔和本，也根本不需要钢笔，因为漂亮拿走了十四支，课间休息的时候又有人拿走了七支，培训结束后有十一个人把漂亮钢笔送回了笔筒。简单按照数量计算，有二十一个人想占便宜，最后有十一个人主动放弃了已经占到的便宜，只有十个人占有了便宜。”我看着江洛川笑着问道，“洛川，在你的培训内容中应该有做人方面的提示吧？”

“三哥，在两家公司我都用了大约五分钟去讲述个人道德修养是企业文化的重要组成部分。”

我笑着说道：“洛川，我相信委托你的人一定得到了想要的答案。”

江洛川轻轻点了点头：“他专程找我当面表达了感谢。”江洛川轻轻叹了口气继续说道，“他的眼神里充满了失望。”

我岔开了话题：“洛川，你准备的漂亮钢笔不便宜吧？”

“平均一支一百元。”

“诱惑力足够了！”

“三哥，‘不以恶小而不为’真的那么难吗？”

“洛川，已经不是难不难的问题，而是习惯不习惯的问题！”

……

再等等

顾三球已经在这条路上苦等了七天，终于等到了背着一个大竹篓、弯着腰、低着头急匆匆赶路的张望北，借着幽暗的月色悄悄跟上了。

第一个伏击点到了。两根原木并在一起的简易木桥，桥下十几米处是湍急的河水。顾三球蹑手蹑脚地紧追了两步后又放慢了脚步，在心中给了自己一个不出手的理由：顾三球会水，掉进河里不一定淹死，等下一个伏击点再说。

第二个伏击点很快到了。本来就狭窄的山路被一块凸起的大石头抢占了一半，一个空着双手的成年人不侧身的话勉勉强强能通过。顾三球悄无声息地追近了，就在张望北小心翼翼地绕过大石头的时候，顾三球出手了，但是蓄满力量的手在即将触碰到大竹篓的瞬间停住了。顾三球又在心中给了自己一个不出手的理由：山坡虽陡，滚下去不一定摔死，等下一个伏击点再下手。

第三个伏击点似乎眨眼间就到了。狭窄的山路突然向右拐了个九十度直角弯，如果在后面推一把或踹一脚，保证能让张望北摔下几百米高的悬崖。就在顾三球犹豫用手推还是用脚踹的时候，张望北突然一个趔趄向前摔倒，顾三球闪电般地出手，一把拉住了大竹篓的边缘，硬生生地把一只脚踩着悬崖边、另一只脚和大半拉身子悬空的张望北拉了回来。

惊魂稍定的张望北看清救自己一命的是顾三球后，一屁股瘫坐在了山路上。

顾三球在心里轻轻叹了口气：算了！

张望北呜呜地哭了起来，断断续续地说道："三球，我张望北积了几辈子大德呀……我媳妇不是回娘家了，是跟人家跑了……孩子找不着娘上火，吃不下面糊糊……我娘偷偷地去求你媳妇……你媳妇从自己孩子嘴里省下口奶喂……"

顾三球悄悄地揩了一把冷汗、长长地舒了口气，在张望北身后蹲下，轻轻拍了拍张望北的肩膀，说道："望北，你有老娘、有孩子，以后的日子长着呢、甜着呢！"

……

回到家，顾三球一把搂住正在做饭的媳妇，狠狠地……

"咋这猴急……"

"以后再去张望北家给孩子喂奶，大大方方地去……"

“你咋知道张望北媳妇跟人跑了……一听孩子哭我就心软了……”

“我就知道……”

“他娘还盼着他媳妇回来呢……传出去……怕……他媳妇回来以后没脸见人……”

“再出门前好好检查检查衣服扣子……”

“羞死人了……”

西瓜的温度

这是二十多年前发生的一个小故事。

我和刚认识不久的江洛川结伴去外地参加一位朋友的婚礼，江洛川开了一辆皮卡车，回程的路上看见防护林里与国道平行的土路边侧翻着一辆装满西瓜的崭新轻型卡车，江洛川第一时间靠边停了车。

江洛川和欲哭无泪的车主沟通后了解到：车主也是瓜农，今年的西瓜大丰收，但是销路不畅，瓜农车主贷款买了一辆轻型卡车准备去城里卖西瓜。第一车西瓜刚离开瓜地不到五百米就出现了意外。

江洛川把我拉到一边小声问道："哥，你兜里有多少钱？"

我把兜里的钱都掏了出来，江洛川数了数，一百三十七块五，江洛川把自己的兜也掏干净了，加在一起一共是二百七十四块六。

江洛川看着我，一脸不好意思地说道："哥，太少了！"

"洛川，要不想想其他办法？"

"三哥，我听你的。"

我走到瓜农车主跟前问道："老哥，你的西瓜多少钱一斤？"

瓜农车主苦笑了一下说道："兄弟，还买啥买，你随便拿，能拿多少就拿多少。"

我轻轻摇了摇头："老哥，按个估价，你给个价。"

"今年的瓜好，至少二十斤一个，瓜贩子收一毛二一斤，你给两块钱一个行不行？"

"行！"

我回头对江洛川说道："把钱都给老哥，咱俩搬西瓜。"

……

侧翻的卡车上有切西瓜的刀，江洛川的皮卡车上有纸壳，我的兜里有笔，免费吃西瓜的消息很快就吸引了过往的行人。

第一个停车的司机膀大腰圆，坐在车里问道："哥们，真的免费吃西瓜吗？"

江洛川的眼睛一瞪："真的！免费吃个西瓜还能假吗？"

膀大腰圆的司机坐在车里笑了："现在的套路太多了，我必须确认一下，是不是免费吃西瓜没有任何隐藏条件？"

我立即拿了两大块西瓜递进了车里，同时说道：“唯一的条件就是吃完快走，别挡道。”

副驾驶的同伴把西瓜接了过去，车子立即开走了。但是没走远，在前面二十几米处靠边停了车。

就在江洛川回答第二辆车的疑问的时候，膀大腰圆的司机一边啃着西瓜一边走了回来：“这西瓜太好吃了，再给我来两块行不行？”

江洛川瞥了他一眼：“随便吃，不浪费就行。把西瓜皮扔我皮卡车斗里，别扔到道上。”

膀大腰圆的司机楞了一下，随即笑了，把手里的西瓜皮轻轻放在了皮卡车斗里，说道：“挺讲究啊！”

……

膀大腰圆的司机又吃了两块西瓜，但是丝毫没有离开的意思，一直等着看着四五辆车上的人吃完西瓜走远了，才笑着说道：“你哥儿俩是没有套路！”

江洛川笑着问道：“咋地呀，我哥儿俩要是真有套路你准备怎么出手啊？”

膀大腰圆的司机不好意思地点了点头。

“放心了吧，走吧！”

膀大腰圆的司机摇了摇头：“我想问问为啥？”

江洛川指了指防护林里侧翻的轻卡货车：“瓜农贷款新买的货车，准备去城里卖西瓜，第一车就……你要是想帮忙，就按照五块钱一个的价格去买几个吧。”

“明白了！”

膀大腰圆的司机去把车子开了回来，和同伴一起把车子装满后继续搬了十几趟，挨着我们把东西堆在了路边。

我配合着又找了块纸壳，写上了“五块钱一个”，立在了西瓜堆上。

膀大腰圆的司机擦了一把脸上的汗水，像孩子一样开心地笑了。

……

过往车辆停下的越来越多。西瓜是真的好吃，二十多斤的西瓜五块钱一个也真的便宜，一个两个、三个五个、五个八个……

后来，膀大腰圆的司机和同伴放赖了，谁买西瓜谁自己去防护林里搬，他赠送一个作为自己搬西瓜的奖励。

自己去防护林搬西瓜的人没有一个收下他的赠送，都给他点了赞，甚至有的还偷偷放下自己搬的西瓜后像干了亏心事一样飞快地逃走了。

再后来，场面混乱了：他说他的车装不下了，把自己多搬的西瓜留在了路边；她说她车上的矿泉水太沉了，留在路边给吃完西瓜的人洗洗手；他说他不着急赶路，帮忙搬西瓜算是运动运动；她说她切的西瓜比我切得好看，把刀子抢了过去；他说他家的亲戚开超市，这么好的西瓜一定好卖……

最后，男男女女几十人喊着响彻云霄的号子，把侧翻的轻型卡车抬到了土路上。

泪流满面的瓜农车主死死地拉住了一个，想要记下他的名字，有人笑着挠瓜农车主的胳肢窝，瓜农车主松开双手的瞬间，男男女女几十人在彼此欢愉的笑声中逃跑了。

回　家

张北仅仅是心动了一下，马尔代夫的蓝天、海洋和沙滩瞬间被父母日渐苍老的背影淹没了。

“北哥，马尔代夫，往返机票公司报销，你真的不去？”

张北坚定地摇了摇头。

“北哥！”

“我回老家过年。大石，祝你们旅途愉快，玩得开心。”

齐石惊讶的表情急转，低声问道：“北哥，不会是家里给你安排了相亲节目吧？”

“这个我真没接到通知！”

齐石故作神秘地说道：“北哥，我绝对给你保密！”

张北笑了：“要不你跟我回老家，全程参观？”

齐石也笑了：“追我北哥的人海了去了，但是没有我北哥相中的，说不定相亲……”

张北打断了齐石，笑着问道：“大石，追我的人是海里去了还是海了去了？”

齐石眼珠一转，转移了话题：“北哥，你回老家开我车吧，我车后备厢大，装得多。”

“大石，我开自己车……”

“北哥，老规矩，你说的我听，我说的你听！”

……

在鹅毛大雪突袭之前，一切都在意料和计划之中。意料之中的是，齐石在他越野车的后备厢里塞满了各种水果、饮料和零食。计划之中的是张北提前一个小时进入家乡的地界。

鹅毛大雪开始静静飘落之后，车子从高速陡降至低速，再一点点降至龟速，最后是一个车位一个车位地挪。距离高速出口不足两公里，张北足足开了两个多小时。

天已经黑透了，鹅毛大雪依然不疾不徐地下着。通往张北家的路是一条和高速公路仅隔着一条旱沟的乡道，虽然已被厚厚的积雪覆盖了，但是四驱越野车依然可以轻松通过。张北开得很慢，有谨慎驾驶的因素，更多的是对被困在高速路上的人的关心。

“师傅，停一下……”

在右前方高速路的路边，十几个人正站在护栏边冲自己挥着手、喊着。

张北急忙停稳车，下了车。

人群中一个穿着白色衣服的女孩大声问道："师傅，您知道最近的村庄有多远吗？"

"大约两公里，怎么啦？"

"我车上的小孩饿了……"

"我车上有吃的！"

张北急忙去打开后备厢，尽自己最大能力抱满水果、饮料和零食，深一脚浅一脚地爬上了旱沟的对岸，隔着高速护栏问道："这些够不够？"

"够了，足够了，师傅多少钱？"

"不要钱。"

"那怎么行呢？"

白衣女孩一边说着，一边从钱包里抽出几张百元大钞硬塞给张北。

张北一边用抱着的水果、饮料和零食左右阻挡，一边说道："我马上就到家了……"

"师傅，能给小孩买到吃的已经非常感谢您了……"

白衣女孩在说话间，硬塞钱给张北的力度加大了。

"师傅，您能卖吃的给我们就已经非常感谢了，钱必须收下。"

"是啊！"

其他人纷纷说着，也纷纷掏出了钱。

张北勉强在旱沟边站稳，如果再增加左右阻挡的力度，他极容易摔进旱沟里。情急之下他大声说道：“我不卖，你要不要？”

十几个人一下都愣住了。

“我马上就到家了，你们……”

白衣女孩轻轻咬了咬嘴唇：“师傅，谢谢您！”。

说完只拿了两瓶饮料和三包零食。

“多拿些，多拿些。”

“给小孩吃够了！”

“大人呢？”

白衣女孩阳光地笑了：“大人可以忍着！”

“我车上还有呢！”

紧挨着白衣女孩的人小心地问道：“我也可以拿吗？”

白衣女孩抢着说道：“车上有小孩的，没有吃的，都可以拿。”

那个人也只拿了两瓶饮料和三包零食。

“师傅，谢谢您！”

剩下的人咽着口水，笑着转身离开了。

“哎……”

白衣女孩再次抢着大声说道：“请大家帮忙转告一下，车上有小孩的、没有吃的，都可以来拿吃的。”

笑着离开的人们立即小跑着去转告了……

张北的心跳突然加快了，他低下头小声问道："你能不能帮我个忙……"

"帮你把吃的送给挨饿的小孩吗？"

"是……可以吗？"

"保证完成任务！"

……

把车上的水果、饮料和零食全部搬光后，心情既莫名紧张又超级轻松的张北立即驾车逃离了。

一个正挥动扫帚扫雪的身影突然闯进了灯光里，张北急忙踩下刹车，车子缓缓开到近前，他看清了那张无比慈祥的脸。张北立即停稳车子，冲了过去。

"爹，你咋……"

无比慈祥的脸无比幸福地笑了："这雪下得太大了，爹怕你看不清这个路口。"

张北急忙仰起头，空中的最后几片雪花缓缓落进了张北的眼里。

"爹，上车，回家！"

……

张北把自己的手机一关，天天宅在家里，不是跟在爹的屁股后面转，就是缠着娘绕着锅台转，爹和娘的笑容一直挂在嘴角。

大年初三，一辆白色轿车缓缓停在了张北家的门口，一个穿着花棉袄的女孩下车后一直盯着停在院里的越野车。

张北爹急忙迎到大门口，热情地问道：“闺女，你找谁呀？”

“大爷，请问您家院里的越野车是谁开的？”

“我儿子开回来的。”

“大爷，您儿子在家吗？”

张北爹急忙冲屋里大喊了一声：“儿呀，你出来一下。”

张北小跑到大门口的时候，心跳突然加快了。

穿花棉袄的女孩开心地说道：“是你，我终于找到你了！”

“你……”

张北看着有两分熟悉，但绝对不认识的女孩愣在原地。

“哈哈，我就是帮你把吃的送给挨饿的小孩的人，不记得了吗？”

张北的脸一下红透了。

“你……”

“哈哈，你好难找啊，当时我没看清你的车牌，只记住了车的样子。”

张北终于问出了完整的句子：“你找我有事吗？”

女孩甜甜地笑了：“认识一下吧。”

张北努力调整回了正常状态，微笑着说道：“你好，我叫张北。”

“张北，你等我一下。”

女孩说完转身上车，调转车头，从车上搬下两箱水果和两箱饮料，笑着说道：“张北，我是代表很多孩子来感谢你的！”

张北的脸又红透了：“这绝对不行！”

女孩看着张北问道：“为什么不行？”

“我不能要你的东西！”

女孩笑了：“送别人东西行，要别人东西就不行？”

“当时是因为……现在……”

女孩突然转身上了车，在快速驶离之前扔下了一句：“张北，我明天可能会来找你！”

……

大年初四，吃过早饭后，张北不时地看向窗外。

白色轿车出现在大门口的时候，张北是穿着拖鞋冲出去的。

依然穿着花棉袄的女孩看着张北脚上的拖鞋，甜甜地笑了。

“张北，我叫肖洁。”

心跳加速、红着脸的张北看着肖洁，努力平复着自己的紧张心情。

“张北，我也是县一中毕业的，你比我高一年级，当年高考你是全市的状元，第二年是我！”

张北笑了：“昨天为什么不告诉我你的名字？”

肖洁背着手，顽皮地说道：“一是学你呀，二是我想先了解一下你。”

“肖洁，你还有想要了解的吗？”

肖洁的脸一下红透了，她低下头小声说道：“还有……很多很多！”

张北也低下了头，小声说道：“你可以随时问我，我保证如实回答！”

……

齐石风光了，总有公司的女生缠着他讲张北和肖洁因雪结缘的爱情故事。齐石有口福了，经常能吃到肖洁做的美食。

又是年末放假前夕，齐石把车钥匙丢给了张北。

“北哥，开我的车回老家过年。”

“大石，你应该把车借给别人，让别人也……”

齐石打断了张北说道：“北哥，今年你又多了一个家，我车后备厢大、装得多！”

张北笑了。

齐石故作神秘地小声说道：“北哥，明年我不想叫肖姐了，我想叫嫂子。”

张北重重地点了点头，小声说道：“我全力争取！”

……

行驶在有肖洁陪伴的回家路上，张北知道自己就是世上最幸福的人，肖洁也是！

我定义的自己

我只是一个平庸草民，万幸的是还具备道德属性和独立思考能力。

如果是几年前，有人用这两点评价我，我一定会勃然大怒，认为这是对我的羞辱。如果现在有人用这两点评价我，我会非常开心，因为这是对我的最高评价。

一次喝茶聊天的时候，我忍不住对江洛川说了我自认为具备的两点特质。

江洛川看着我说道："三哥，你太谦虚了！"

我轻轻摇了摇头，说道："洛川，你是我多年的好友，而且这里只有你和我。换做别人或是再多一个人，我都不敢这么高评自己。"

江洛川笑了："三哥，闲着也是闲着，好好探讨一下你对自己的高评呗。”

我笑着点了点头。

江洛川想了想，说道：“三哥，你帮过我很多次。”

“洛川，朋友之间袖手旁观是不道德的，而且你也帮过我很多次。”

江洛川轻轻点了点头：“三哥，你写了好多作文。”

“洛川，那是我的个人爱好或打发时间而已。”

江洛川轻轻皱起了眉头：“三哥，你心态阳光、言行自律。”

我看着江洛川笑了：“洛川，我心中也有阴暗的一面，言行自律仅仅是达到了做人的标准。”

江洛川盯着我说道：“三哥，你有一颗感恩的心。”

“洛川，做人不应该拥有一颗感恩的心吗？也没逃出做人的标准。”

“三哥……”

我打断了江洛川，笑着说道：“洛川，做人的标准是道德属性范围内的，在你的认知中关于我的如果仅仅是达到了做人标准的方面就没有必要列举了。”

江洛川拧着眉思忖了几十秒后，不好意思地笑了。

我看着江洛川认真地说道：“洛川，我想了好多天，真的，除了仅仅是达到了做人的标准的方面，根本没有值得列举的方面。”

江洛川笑了："三哥，我刚刚用你的两点衡量了一下自己，也没有值得列举的方面。"

"洛川，过去我在很多场合见过很多标榜自己的炫耀，如何如何孝顺、如何如何努力、如何如何高尚，等等，我曾经也炫耀过。我相信，以后我一定还会见到各种标榜自己的炫耀，甚至我自己也会继续炫耀。但是，参照一下做人的标准，孝顺父母不应该吗？努力工作、努力学习不应该吗？情操高尚不应该吗？"我停顿了一下认真地说道，"所以，我只敢且只能定义自己是具备道德属性的！"

江洛川表情痛苦地笑着说道："三哥，我听过很多把自己干过的不道德的事拿出来炫耀的……"

我急忙打断了江洛川，说道："洛川，我也听过很多，而且我也曾经干过不道德的事，也曾经在某些范围内炫耀过。这个方向不能再深度挖掘了，否则最后咱俩有可能会手拉手去投河赎罪。"

我和江洛川同时大笑了起来，而且两个中年男人竟然同时大笑了三十几秒，最后是因为氧气不足才停止的。

深呼吸之后，江洛川发自内心且目光中充满崇敬地说道："三哥，上小学之前就听过雷锋的故事，现在我才真正理解了雷锋的伟大！"

我重重地点了点头："还有刘胡兰、黄继光、焦裕禄、杨靖宇、邓稼先、袁隆平、黄旭华、张桂梅等等，我也是最近才真正理解了他们的伟大！”

江洛川动情地说道：“三哥，和他们相比，我就是蝇营狗苟之辈。何其幸运，我们的祖国有他们，我们的民族有他们！”

我看着江洛川认真地说道：“洛川，还有我这个蝇营狗苟之辈。”

我和江洛川又同时大笑了起来，这次我俩在氧气不足之前及时停止了。

“三哥，这个方向也不能再深挖了，否则最后咱俩还有可能会手拉手去投河。”

我点了点头，说道：“咱俩继续进行下一环节，探讨一下独立思考能力。”我忍不住笑了：“洛川，抢手纸、抢鸡蛋、抢盐，我是真没参与过，但是类似抢的行为我绝对参与过，而且还没少参与过。”

江洛川点了点头。

我继续说道：“大部分人模人样的马扁家我是看穿了、躲开了，但是少数的马扁家我没看穿、没躲开。”

江洛川笑着说道：“三哥，少数的马扁家我也没看穿，也没躲开。”

“同理，我也只敢且也只能定义自己仅仅是具备独立思考能力的人。洛川，我还谦虚吗？”

江洛川轻轻摇了摇头，又叹了口气，说道：“三哥，真的算是高评了，有太多人……”

我急忙打断了江洛川，说道：“洛川，打住！”

江洛川笑着问道：“三哥，你是怕有人嘲笑咱俩吗？”

我轻轻摇了摇头说道：“洛川，咱俩就是平庸草民，谁愿意嘲笑谁就嘲笑呗，不影响咱俩吃也不影响咱俩喝，要是嘲笑咱俩的人能得到快乐，那咱俩就算是助人为乐了。”

江洛川含着笑思考了片刻后，故意小声问道：“三哥，你是怕有太多人发现你的秘密吗？”

我笑着点了点头，也故意小声说道：“洛川，做人的标准是道德属性范围内的，如果在道德属性范围内没有找到做人的行为，是不是可以推断其不具备做人的标准，如果满足了不具备做人的标准，再不具备独立思考能力……”

“三哥，打住。”

我立即闭上了嘴，并且用双手紧紧捂住。

“三哥，咱俩刚刚探讨的内容你能不能不写进作文里？”

……

入心无小事

入心无小事。这句话是我昨天下午开导江洛川的。

故事的经过是这样的。

江洛川来的时候，眉头里隐藏着一点点烦闷。我泡了一壶他喜欢喝的陈年六堡茶，陪着他一边喝着茶，一边静静地看着窗外。

大约半个小时后，江洛川笑了：“三哥，我认为自己隐藏得挺好的。”

我笑了：“洛川，你还不如不隐藏了，弄得我问也不是，不问也不是。问吧，怕你不好意思；不问吧，又好像不关心你似的。”

“三哥，我的道行尚浅，仍需修炼啊！”

“我的道行也不深，恰好能看出来而已。”

江洛川笑了：“三哥，其实我明知道都是些鸡毛蒜皮的小事，可偏偏就抵抗不了干扰。”

“洛川，谁都一样，入心无小事！”

“入心无小事？”

“不入心的事，再大与我何干？”

江洛川笑了：“不是人的事，是事的事？”

我轻轻点了点头，问道：“洛川，比如说你看见别人家孩子吃糖葫芦，你想给孩子买串糖葫芦，你找遍了几条街才买到糖葫芦，买回家之后孩子根本不想吃。这样的事或是类似的事发生过吧？”

江洛川重重点了点头：“糖葫芦我找过，大块糖我也找过，不仅找遍了几条街，甚至还开车一路追到人家家里去。”

“洛川，单纯的买糖葫芦这件事在你心里绝对是小事，孩子吃不吃糖葫芦在你心里也是小事。但是你为了买到糖葫芦找遍了几条街，在你心里单纯的找遍几条街是小事吗？”

江洛川轻轻摇了摇头。

“洛川，如果是你自己想吃糖葫芦，你会找遍几条街去买吗？”

江洛川笑了：“绝对不会！”

“洛川，要是我想吃呢？”

“三哥，我最多能找遍一条街，回来告诉你有没有卖糖葫芦的。”

我笑着说道："洛川，能找遍一条街给我买糖葫芦的人目前绝对不会超过四个！"

我喝了一口茶，问道："洛川，当你一条街一条街找的时候，在心里有量化过是大事还是小事吗？"

江洛川轻轻摇了摇头："当时就是想着一定要买到糖葫芦。"

"给谁买糖葫芦？"

"孩子呀！"

"孩子在哪儿？"

"在家呀……"江洛川瞬间停顿后，笑了，"在我心里！"

"入心无小事！"

江洛川沉默了片刻，说道："三哥，我以前从来没这么抽象地思考过。"

"洛川，你要是找遍了几条街也没买到糖葫芦怎么办呢？"

"三哥，就算孩子没找我要糖葫芦，我心里也会特别内疚。"

我静静地看着江洛川。

江洛川端着茶杯的手停住了："入心无小事！"

"洛川，那些鸡毛蒜皮的事对于你来说还是小事吗？"

江洛川笑了："三哥，我心里畅快多了！"

“洛川，无论是贩夫走卒还是王侯将相，每个人都有入心的事，入了心就……”

我轻轻摇了摇头，笑了。

江洛川故意追问道：“三哥，你呢？”

我想了想，指着茶盘上的一把紫砂壶，说道：“洛川，你知道这把紫砂壶的来历。”

江洛川轻轻地点了点头。

“把我的喜爱从一到十、从低到高划分十个等级，这把紫砂壶至少是七级的。再把我的生气从一到十、从低到高划分十个等级。如果你弄坏了这把紫砂壶，我会心疼，但生气是0。”

江洛川笑着问：“三哥，在你心里比我位重的是谁人呢？”

我笑了：“比你位重的人，我会心疼、会生气，但心疼的不是紫砂壶，是她，生气的是她怎么不小心点呢，真的和紫砂壶没有任何关系！”

江洛川的笑容凝固了，静静地看着我，过了好一会儿才叹了口气，说道：“三哥，很少有人能理解！”

“洛川，理解又能怎样，也跳不出自己的沼泽！”

江洛川的眼睛突然一亮，说道：“三哥，你心疼是因为你知道她弄坏了你心爱的紫砂壶，她也心疼，你生气是因为她怎么这么不小心让你心疼呢！”

我带着几分苦涩，无奈地笑了。

江洛川思忖了片刻，问道："三哥，真的跳不出去吗？"

"洛川，跳出去的，还在你心里吗？"

江洛川不好意思地笑了："三哥，我问错了。有没有能让自己缓解一点的办法？"

"洛川，入别人心的，尽力敬着点、躲远点；入自己心的，尽力调整自己，实在调整不了就从了吧；还没入心的，非必要的就别入心了！"

江洛川爽朗地笑了："三哥，入心无小事，我记住了！"

死不瞑目的寒号鸟

寒号鸟被冻死之后，越想越生气，一怒之下将寒风使者告到了西天如来处。

如来明知道寒号鸟死于懒惰，但是架不住寒号鸟鼻涕一把泪一把地哀求，只好传唤寒风使者当面对质。

寒号鸟大声质问寒风使者：“我就耽误了一天的时间没垒窝，你就那么狠心刮寒风冻死我吗？”

寒风使者把空间记录呈给了如来，说道：“请如来明鉴！”

如来翻看完空间记录后，皱着眉头说道：“寒号鸟，你这可不是只耽误了一天的时间。”

“怎么不是一天的时间呢，我一直对寒风使者说明天就垒窝，明天就垒窝，今天到明天不就是一天的时间吗？”

如来用手指查着记录：“一个明天、一个明天、一个明天……一共是七十二个明天，七十二个今天到明天就是七十二天，你足足耽误了七十二天的时间。”

“怎么可能有那么长时间呢？一定是寒风使者为了逃避责任胡乱记的。”

如来冷冷地说道：“这空间记录是不可能造假的。”

“怎么不可能？一切皆有可能！”

如来强忍着怒火说道：“这上面还记录了你每天做过的事情，传喜鹊的瞎话、搬弄麻雀的是非、笑话燕子南飞等等，要不要把喜鹊、麻雀和燕子都找来当面对质一下？”

寒号鸟当然知道自己做过什么，嘟囔着：“它们哪有一只好鸟……”

如来实在听不下去了，耐着性子说道：“你说得对，它们没有一只好鸟。你被冻死和寒风使者毫无关系吧！”

“怎么就毫无关系呢，他要是再晚几天刮寒风，春天不就到了吗？春天到了我还能被冻死吗？”

如来忍无可忍，气愤地说道：“冻死你活该！”

“哎呀，上天可是有好生之德的，你作为佛祖竟然说出这样的话，你的好生之德呢？对了，你要是有好生之德，你早就变出一个温暖的窝给我了，我被冻死就是你的责任，你要对我的死负全责……”

如来怒了：“你个死鸟，打入拔舌地狱，灭了你这个种！”

世上从此没有了寒号鸟。

……

混沌复始

很久很久以前，混沌星球曾是宇宙中文明程度最高的星球。狗守夜、鸡司晨、鸟儿空中飞、鱼儿水中游，混沌星球上的各类生物各行其道，互不干涉。

生物体细胞重组机出现之后……

生物体细胞重组机是混沌星球的科学家们为解除混沌星人各种疾病的困扰，历经九九八十一年刻苦研制成功的。

生物体细胞重组机出现后彻底改变了混沌星人治疗各种疾病的方法，混沌星人不再需要依靠任何药物，而且治疗方法非常简单，把需要治疗的病人往生物体细胞重组机里一扔，半个小时后病人就痊愈了。

比如，混沌星人李一甲出车祸双腿被撞烂了，把李一甲往生物体细胞重组机里一扔，李一甲被撞烂的双腿先被分解成一大堆细胞，再重新组合，半个小时之后李一甲的双腿复原如初。再比如，混沌星球人马二乙得了肺癌，马二乙自己往生物体细胞重组机里一跳，马二乙的肺先被分解成一大堆细胞，把肺癌细胞清除干净，再从马二乙体内抽调好的细胞补充进去，再重新组合，半个小时之后马二乙的肺癌痊愈了。

混沌星人彻底摆脱各种疾病的痛苦后，有混沌星人开始探索生物体细胞重组机关于人类的其他用途。比如，利用生物体细胞重组机清除人体内多余的脂肪细胞，效果竟然超级完美，无论多胖的人只要往生物体细胞重组机里一跳，半个小时后想瘦成什么样就能瘦成什么样。再比如，利用生物体细胞重组机对人体进行修整，有混沌星人嫌自己的脸蛋不够光洁，进入生物体细胞重组机后把屁股的皮肤细胞和脸蛋的皮肤细胞进行互换，半个小时后脸蛋光洁得像屁股一样；有混沌星人嫌自己的胸器不够汹涌，进入生物体细胞重组机后从身体各处抽调细胞堆积到胸部，半个小时后想要多大就能得到多大的胸器。

混沌星人都美到了自己想美的程度后，又有混沌星人开始探索生物体细胞重组关于其他生物的用途。有混沌星人偷偷把自己最心爱的宠物狗扔进了生物体细胞重组机里，按照自己的想法设定细胞重组程序，半个小时后扔进去的宠物狗竟然变成了人形宠物狗，而且人形宠物狗的属性依然是纯狗的，在丝毫不影响宠物属性的前提下，搂着、抱着、亲亲更有感觉了。

第一个牵着人形宠物狗逛街的混沌星人帅呆了、酷毙了，简直无法形容了！

混沌星人开始争先恐后地把自己喜欢的宠物扔进生物体细胞重组机里，按照自己的想法设定细胞重组程序，半个小时后都得到了想要的独一无二的个性宠物。有得到人形狐狸宠物的，有得到人形绿毛龟宠物的，有得到人形山猪宠物的，有得到人形鳄鱼宠物的，有得到人形山羊宠物的，有得到人形叫驴宠物的，等等。

随着各种人形宠物的个头越来越大，仅从外观上根本无法分辨一个人模人样的人形生物究竟是混沌星人还是人形宠物。大街上，随时能看见一个人模人样的人形生物突然冲向一根电线杆子，抬起腿撒尿。广场上，随时能听见一个人模人样的人形生物突然咩咩、啊呃、哼哼地大叫。更可怕的是，一个人模人样的人形生物突然抢了别人的东西之后汪汪地叫着跑远了，一个人模人样的人形生物突然扑倒一个美女一顿乱啃之后哼哼地叫着逃远了……

混沌星球上人类的文明被打乱了。

就在混沌星球议会商讨如何立法管控人形宠物的时候，有混沌星人偷偷跳进生物体细胞重组机里，把自己变成了能随心所欲放纵自己行为的动物形人。第一条大摇大摆走进餐厅用餐的狗形混沌星人帅呆了、酷毙了，简直无法形容了！

混沌星人开始不甘人后地跳进生物体细胞重组机里，按照自己的想法设定细胞重组程序，半个小时后都变成了自己想要的动物形体，有变成狗形人的，有变成狐狸形人的，有变成绿毛龟形人的，有变成山猪形人的，有变成鳄鱼形人的，有变成山羊形人的，有变成叫驴形人的，等等。

随着各种动物形混沌星人的数量越来越多，已经无法用混沌星球人类的文明去区分混沌星人和其他动物了。大街上，随时能看见的锁在一起的两条狗，可能是两条真狗，也可能是两个狗形混沌星人，还可能是一条真狗和一个狗形混沌星人。广场上，两群拉开架势对阵的山猪和叫驴，可能是一群真的山猪和一群真的叫驴，也可能是半群山猪、半群山猪形混沌星人和半群叫驴、半群叫驴形混沌星人，还可能是一群山猪形混沌星人和一群叫驴形混沌星人……

混沌星球上人类的文明开始消亡了。

如果刘三丁想要对付赵四丙，刘三丁会先跳进生物体细胞重组机把自己变成一条眼镜王蛇，再去毒死赵四丙。那是一条眼镜王蛇毒死的赵四丙，与刘三丁何干！如果周五戊想要消灭刘三丁，趁机打死刘三丁变成的那条眼镜王蛇就可以了，打死的是一条毒死赵四丙的眼镜王蛇，与周五戊何干！孙六己直接干掉了周五戊，说他判断那是一头无人认领的人形宠物驴！

……

最后一个混沌星人绝望了，在超大一群分不清是人形宠物还是动物形混沌星人的追赶下跳进了生物体细胞重组机里，把所有细胞重组程序同时启动了……

一声山崩地裂的巨响过后，混沌星球慢慢变回混沌初开的状态。

一颗牙齿的委屈

我对牙齿的问题是不陌生的，因为爱人是一名牙医；我对牙齿的问题又是陌生的，因为我的一颗牙齿颠覆了我的认知。

大约从一年前开始，我右下颌第一磨牙会偶尔小疼，那是一颗十几年前治疗过并且一直戴着全瓷冠的牙齿。我用偶尔形容是因为不是连续着疼，是三天打鱼两天晒网那种不着调的疼，我用小形容是因为不是那种大疼，只是在嚼东西的时候疼，如果强忍着也不耽误嚼东西。

就是因为这种偶尔的小疼，让我忽略了一颗已经为我尽心尽力默默工作了近四十年的牙齿。

大约在一个月前，我右下颌第一磨牙开始疼了，它一疼我就受不了了，深刻体会了那句老话——牙疼不算病，疼起来真要命！

一直自认为很坚强的我，不得不向这颗牙齿投降了。

当爱人把全瓷冠取下来的时候，一股恶臭瞬间充满了我的口腔。当爱人把封堵的材料钻开后，我甚至感觉那股恶臭从我的鼻腔一路直冲进了我的脑子里。

我对恶臭是有认知和定义的，但是我万万没想到，在我的口腔里、在我右下颌第一磨牙里隐藏的恶臭居然超过了我对恶臭的认知和定义！说真的，当时我都嫌弃我自己了，要是条件允许的话我会毫不犹豫地换一个脑袋。

爱人的妙手很快清除了我右下颌第一磨牙里恶臭的根源，疼痛感随之可以忽略了，伴随着疼痛的那种胀胀的感觉彻底消失了。反复冲洗之后，我口腔里的恶臭终于被彻底清除了。我又不嫌弃我自己了！

又上了两次药。重新封堵之后，爱人把原来的全瓷冠原位粘了回去。历时近一年的小插曲过去了，我右下颌第一磨牙又回归了尽心尽力默默工作的状态。

其实用“回归”这个词，对我的右下颌第一磨牙是不公平的，因为它一直在默默为我尽心尽力工作。十几年前它第一次生病，那不是它想生病或它主动生病的，是我没有好好保护它，而且还经常用它当工具起瓶盖才导致它生病的。它第二次生病，主要原因是我没有好好保护它，次要原因可以归咎于第一次治疗时留下的隐患。

我可怜的右下颌第一磨牙，它从未想过离开工作状态，是我迫使它离开的。尤其是它第二次生病，它一边与病魔战斗一边提醒我，却被我无情地忽略了。那股让我嫌弃自己的恶臭，它默默忍受了多久呢?

我右下颌第一磨牙是我自己亲生的，我是有能力好好保护它的，我也绝对不缺开瓶盖的工具，但是……但是什么呢?但是我却没有好好保护它，我却用它当工具来起瓶盖吗?这两个但是，我多少都能沾上无耻的边，为什么不好好保护它呢?为什么要用它当工具来起瓶盖呢?

难道就是为了有一天产生那股让我嫌弃自己的恶臭吗?

我绝对没有那种想法，但是我却做到了!

我真的对不起我右下颌第一磨牙，因为我明明知道应该好好保护它，也明明知道不应该用它当工具来起瓶盖，但是……但是呢?但是我却因为一个随意的借口没有好好保护它，但是我却因为一个随意的炫耀用它当工具起瓶盖。

哎!我可怜的右下颌第一磨牙，这是它的不幸还是我的无耻?

算了，我替它原谅我自己了，事情就这样过去吧，毕竟我的无耻也光彩不到它。

我和它各退一步，它以后继续为我尽心尽力地默默工作，我呢，尽量好好保护它，尽量关注它对我的提醒。

我说了，是尽力!

一米的方便

几年前有一段时间，我和江洛川每周的周六周日都去球馆打羽毛球。

球馆后门邻近一条马路，马路和球馆后门之间隔着一片二十几米宽的糖槭树林。马路很宽，而且过往的车辆稀少，马路边虽然没有施划停车位，但是是允许停车的。很多去球馆打球的人都喜欢把车停在马路边，抄近道穿过糖槭树林，从后门进入球馆。江洛川也喜欢把车停在马路边，但他不是因为可以抄近道，而是因为春夏秋三季的糖槭树都很美。

在球馆打球的时间长了，我和江洛川认识了不少球友，打球之余的闲聊中时常听球友们说，他们停在马路边的车经常会出现小磕小碰的痕迹。一是马路边没有监控，二是小磕小碰的痕迹根本不需要维修，所以球友们只是纷纷讲述各自的磕碰痕迹，没有人去探究为什么会出现磕碰痕迹。一开始，我和江洛川根本没在意。即使在听所有喜欢把车停在马路边的球友都讲过磕碰痕迹之后，也没引起我和江洛川的注意。直到某个周六，一个球友说他停在马路边的车同时出现了四处磕碰痕迹，这才引起了我和江洛川的兴趣，因为江洛川从没发现过他停在马路边的车出现过磕碰痕迹。

当天打完球，在马路边上车之前，我笑着对江洛川说道：“洛川，今天你好好检查一下你的车，是不是也曾出现过小磕小碰的痕迹，只是你没注意而已。”

江洛川想了想，笑着说道：“三哥，以我对车的关注，这种可能性百分之百存在。”

我站在旁边看着、等着。

江洛川认真检查完车后，笑着说道：“三哥，绝对没有小磕小碰的痕迹。”

我笑着说道：“洛川，是你太幸运了！”

江洛川笑着反问我：“三哥，我的幸运是不是有点蹊跷？”

我稍加思索，说道：“洛川，你的幸运确实有点蹊跷，按照球友们说的，他们停在马路边的车至少被砸过两次了。”

江洛川扬了扬眉毛，笑着说道：“三哥，我的车和他们的车不是一个团的。”

我笑着点了点头：“洛川，这算个理由！”

……

次日，我和江洛川去球馆的时间比往常提前了半个多小时。马路边可停车的空位很多，江洛川连续让过了两个，在缓慢让过第三个空位的时候，我忍不住开起了玩笑："洛川，你是嫌那三个空位旁边的风景都不美吗？"

江洛川笑着把车开进第四个车位，尽量与前后车拉开距离后才停了车。

我先下的车，到车尾看了看，江洛川的车与后车之间的距离至少比标准的停车间距多了一米。

江洛川下车后才笑着回答我之前的问题："三哥，那三个空位旁边的风景甚至更美，但是……"

听江洛川说话的时候，我不经意地转头看向了旁边的糖槭树林，瞬间明白了：江洛川尽量让出的一米距离正好让出了一个横穿糖槭树林的小路路口。

"那三个空位都恰好挡住了横穿糖槭树林的小路路口，既然能被踩出来一条小路，就一定会有很多行人走，挡人家的路口不好。"

我明白的同时也想到了球友们停在马路边的车为什么会经常出现小磕小碰的痕迹。他发自内心赞道："洛川，这就是你幸运的原因！"

"三哥，你说这就是我幸运的原因？不会吧？"

"洛川，咱俩今天来早了，要不观察一会儿再进球馆？"

"三哥，我也想确认一下这到底是不是我幸运的原因。"

江洛川说完就近在糖槭树林边找个位置坐下了。我走到之前路过的第二个空位附近也在糖槭树林边找个位置坐下了。

十几分钟后，我和江洛川观察到了三个事实：第一，每条横穿糖槭树林的小路都陆陆续续有行人走；第二，有的车紧挨着路边停，把小路路口堵得死死的，行人不得不去下一个小路路口或是磕磕绊绊地绕过路边车，尤其是拿着比较大的东西或是领着孩子的行人绕行路边车的时候真的非常不方便；第三，走小路横穿糖槭树林的行人中儿童和青少年的比例很高。

……

当天打完球后，我和江洛川刚坐进车里，就听见从后面传来咚地一声。

我急忙从副驾驶一侧向后看，看见一个少年正弯腰捡起一块滑板；江洛川从主驾驶一侧向后看，他看见拎着滑板的少年跑进了马路另一侧的公园里。

那个少年给我和江洛川生动地演示了一遍球友们停在马路边的车为什么会经常出现磕碰痕迹的成因。

江洛川看着那个少年消失的方向，轻轻摇了摇头，说道：“三哥，如果实在没有其他空位的话，我会尽量把车停得离路口远一点，留出一米左右的距离，与人方便才能自己方便！”

我一边系上安全带一边赞道：“洛川，你的车没出现过磕碰痕迹不是因为你的幸运，而是因为你留给行人方便，一米的方便！”

心界如水

辛界是我崇拜的人。

辛界就是一个普普通通的普通人，普通到什么程度呢？这么说吧，从小到大他和任何光环都不沾边，上学的时候在什么三好学生、优秀学生干部、奖学金获得者、优秀毕业生等等名单中都找不到辛界的名字，甚至在各类特长名单中也找不到辛界的名字；参加工作以后在大大小小各级领导、先进工作者、工会积极分子等等名单中都找不到辛界的名字，甚至在工人队伍里的各类能人名单中也找不到辛界的名字；如果辛界和九十九个人一起走在大街上，随便按照某种标准从高到低去排序，在前八十四名的名单中绝对找不到辛界的名字。辛界就是这样一个普普通通的人。

我和辛界从小学一年级就认识了，但是我俩绝对不能算是朋友关系，只能算是熟人关系，是那种熟得不能再熟的熟人。

我和辛界从小学一年级就认识，辛界的故事也是从小学一年级开始的。

我们上的村小，一个年级只有两个班，我在一年级一班，辛界在一年级二班；辛界家住在东村的东头，我家住在西村的西头，村小在东村和西村的中间。

那一年的春季，贵如油的春雨下得有点大，而且还下得有点勤，从村小大门口直通东西两村中间的主路和分叉通向东西两村的岔路都异常泥泞、超级难走。

一天下午放学，辛界在班级门口拉住了我。

“回家的路太难走了，我想找条新路，你想不想和我一起找？”

我当时想都没想就说道：“想啊！”

“走！”

我跟着辛界从村小的西南角跳出围墙，直接进入了防护林。防护林里的小毛道是沙地的，再加上刚刚冒芽的小草和沉积枯叶的养护，超级好走且超级好玩，我和辛界先向西，再向北，最后向东，一路撒欢地跑到了西村的后身。

我家住在西村最后一排的最西头，和防护林之间只隔了一片二十多米宽的荒地。我指着我家对辛界说道：“那就是我家，我到家了！”

“我家也住在最后一排，是东头第一家，我明天早上路过叫你。”

次日一早，我刚放下碗筷就听见有人在我家房后大声喊：

“一年一，走啊！”

“一年二，来了！”

从那天开始，我和辛界就有了上学和放学的专属路线。最默契的时候，“一年一”和“一年二”的喊声是同时响起的。

……

我们是九年义务教育实施前的最后一届学生。我和辛界都考上了镇里的中学，我被分到了一年一班，他被分到了一年二班，“一年一”和“一年二”又幸运地延续了。当时是家家都很清贫的年代，能有辆自行车的都是正经八百过日子的人家。开学后第一天放学回家的路上，辛界对我说：“一年一，咱俩骑一辆自行车上学行不行？明天我骑车驮你，后天你骑车驮我。”

“行！后天我去东村接你。”

“行！”

从那天开始，我驮了辛界三年，辛界也驮了我三年。我驮辛界的时候，他交叉背着两个书包正骑在后座上；他驮我的时候，我交叉背着两个书包倒骑在后座上；雨天，用一块塑料布把两个书包一包，我和辛界在雨中自由快乐地穿行；道路泥泞的时候，不是他推着车我跟着走就是我推着车他跟着走；冬天太冷的时候，他骑着车驮着两个书包我跟着跑，我跑热了再换他跟着跑；最快乐的是天气和路况都好的时候，我和辛界都喜欢站在后座上扶着对方的肩膀一路指挥冲锋。

……

我和辛界都考上了城里的高中，我依然幸运地被分到了一年级一班，他也依然幸运地被分到了一年级二班。开学后的第一个周末，辛界对我说："一年一，周末咱俩轮着回家，这样能省下一个人的来回车费。"

我说："行！这周末你先回家。"

"行！"

我和辛界每次回家都带回来两份吃的，每次我和辛界都是平分的。

高考前辛界对我说："重点大学是没希望了，本科大学也渺茫，挑个好点的专科吧！"

我轻轻地点了点头。

……

上大学以后，我和辛界见面的机会少了，因为每个假期他都去打各种工。

毕业以后，我和辛界在同一座城市工作，但是见面的机会依然很少，不是因为我在城东、他在城西，而是因为他工作超级努力，几乎每个周末都在加各种班。

十年前的一天，辛界突然找到我，非常坦然地对我说："一年一，我自由了！"

我静静地看着辛界。

“一年一，我努力工作了十五年。”辛界轻轻摇了摇头，轻松地说道：“我的方法根本无法实现我之前设定的目标。”

我知道辛界之前设定的目标，看着他问道：“一年二，然后呢？”

辛界笑了：“全心全意经营好家庭、教育好孩子、多关心关心父母，否则就像你所说的为了一个不可能实现的目标失去了所有。”

我笑着问道：“还有呢？”

辛界笑得更开心了：“还有，再设定一个自己喜欢的人生目标并继续努力！”

我笑着再次问道：“还有呢？”

辛界轻轻给了我一拳：“野不能去，市不习惯，那就隐于生活吧！”

我轻轻地还了辛界一拳：“一年二，找到好吃的、好玩的一定要记得告诉我。”

“一年一，你也一定要记得问我。”

……

从那以后，每当我想在方圆一百公里内找一处可以独坐半日的角落秘境时都会给辛界打电话。辛界每次都会根据天气、环境和我的心情等综合因素推荐两处角落秘境让我选择，同时，还会额外赠送两处味道极佳的角落美食，每次我都是心满意足而归。

十年过去了，我和辛界依然保持着我偶尔向他请求角落秘境支援的状态，我了解他就像他了解我一样，如果有值得告知对方的事一定会第一时间当面告知。

我的心界一直追不上辛界。因为，别人看见的是普普通通的辛界每天忙忙碌碌地在城市中穿行，别人看不见的是整座城市和方圆一百公里都在辛界的心中；别人看见的是普普通通的辛界已经默认了此生平庸，别人看不见的是辛界正在为新的目标全力奋斗。他已经完全隐于生活，而我依然会被一些琐碎之事牵动。

这就是我崇拜辛界的原因。

生活中有风雨，人生中也有风雨，辛界从不抱怨风雨，生活中他是逆风雨前行的勇者，人生中他是任风雨吹打心界如水的智者！

暖心的深秋

这是我和江洛川一起经历过的故事，很小很小的故事，但是每每想起都是温暖的。

2002年的深秋，具体是哪天记不清了。当时，我和江洛川都正被不能倾诉的郁闷困扰着，又都有想出去散散心的念头，一拍即合。江洛川当着我的面给他一位挚友打了电话，各种询问之后，只说了想带哥们去玩几天，他挚友表示热烈欢迎。

我无异议地同意了江洛川的计划——自驾去六百公里之外的大山里，去偷袭他的挚友，小住、静赏大山的秋韵。

江洛川开的是一辆车况良好的旧越野车。早上七点钟进入高速，一路上风轻云淡、心情追逐着蓝天，在预计时间内跑完了四百多公里的高速路段。剩下的二百多公里是县级公路，我建议节省午饭时间继续赶路，江洛川直接用实际行动表示赞同。

车子穿过第二个小镇后，天气渐变，乌云涌、阴风起，不疾不徐在后面压阵的是淅沥沥的秋雨。

“洛川……”

我准备即兴赞美秋雨的话被江洛川突然凝重的表情硬生生打断了。

“三哥，雨刮器坏了！”

“雨刮器坏了……咋整？”

江洛川笑了：“三哥，慢点开呗！”

我也笑了：“只要不用我推车……”

前面一个用校服盖着书包、靠着路边在秋雨中疾行的小学生再次打断了我。

“洛川，前面有个小学生。”

“三哥，我看见了。”

车子和小学生并行后，我才看清是一个小女孩。我摇下车窗笑着问道：“小同学，我们护送你一段可以吗？”

小女孩站住，紧张、警惕地看着我。

江洛川踩住了刹车。

“我们不是坏人！”

我说完自己先乐了，因为没有坏人会说自己是坏人的。

小女孩露出了一丝笑意，但依然紧张、警惕地看着我。

我瞬间想到了一个办法，掏出我的诺基亚3310晃了晃，说道：“小同学，你可以给你的家人打个电话，把我们的车牌号告诉家人。”

小女孩犹豫了一下，怯生生地问道：“叔叔，那我可以给警察叔叔打电话吗？”

我笑了：“当然可以！”

我拨通110后把电话递给了小女孩。

……

为了缓解小女孩的紧张情绪，我和江洛川不仅把名字和此行的目的地都告诉了小女孩，甚至把雨刮器坏的事也告诉了小女孩。

小女孩家所在村子不在县级公路旁，从一个路口右转，沿着一条砂石路走了五六里才到。江洛川直接把车子开进了小女孩家的院里，看着小女孩安全进入家门后，他立即倒车、掉头、加速离开了。

回到县级公路的时候，秋雨也恰好停了。我和江洛川放下车窗，一边享受着秋雨后的清爽，一边加快速度赶路。可惜彩云易散，暂停的秋雨只给了我和江洛川半个多小时的惬意。再来的秋雨更急了，幸好县级公路的路况很好，而且过往的车辆稀少，没有雨刮器的刮刷依然能保证四十公里每小时的车速。

绕过第一座大山后，江洛川发现了一辆停在路边、打着双闪的皮卡车。一番交谈后得知，皮卡车的传动轴断了，皮卡车司机的家就在前面十几公里的镇上，而他还开着一家汽修厂。征得皮卡车司机的同意后，江洛川找出牵引绳，牵引着皮卡车一路安全前进。

把皮卡车安全拖到修理厂后，皮卡车司机逼着江洛川先把越野车开进了修理间。他不仅帮忙修好了越野车的雨刮器，还检查出了一个已经开始泄漏机油的漏点，我通过江洛川严肃的表情判断那个漏点如果没有被及时发现的话，后果将是非常严重的。

江洛川想要给钱的时候，皮卡车司机的眼睛一瞪："那拖车的钱算不算？"

……

我和江洛川是逃离的。因为皮卡车司机准备留我俩吃完饭再走。

再回到县级公路，车外的秋雨依然下着，但是前进的视野无比清晰了，看着雨刮器优雅地一层一层地刮去飞撞在前挡风玻璃上的秋雨，我突然感觉多日来一直困扰着我的不能诉说的郁闷竟然出现了消散的迹象。

我和江洛川各自安静，他盯着路，我看着雨，同时聆听着车子在秋雨中疾驰的声音。也许是安静延长了时间，抑或是秋雨缩短了路程，我和江洛川竟然比预计时间足足提前了半个小时到达目的地：一座半藏在大山脚下用木栅栏围成的院落，门前还有一条清澈的小河缓缓流过。

江洛川正对着大门停了车，笑着问道："三哥，怎么样？"

"洛川，绝对超出了我的预期！"

“让我的挚友出来开门迎接我们！”

江洛川说完按了几下喇叭，等了几分钟，院内没有任何回应。江洛川皱了皱眉头，掏出手机拨出他挚友的手机号码，得到的回应是“您拨打的电话已关机。”江洛川又拨出了一个座机号码，得到的回应是“您拨打的电话暂时无人接听。”

“三哥，我计划的偷袭好像要失败了。”

我笑着说道：“洛川，我向你保证，绝对不是我走漏的风声。”

江洛川也笑了：“三哥，现在怎么办？”

“洛川，我听你的。”

江洛川想了想说道：“再给我挚友半个小时的时间，半个小时之后我再打他手机，如果还是关机状态，咱俩就自己玩。”

江洛川的话音刚落，一辆轿车急停在了我们的车后。从轿车的副驾驶位下来一个人，冒着雨冲到了江洛川的一侧。

“洛川……”

我的提醒还没展开，江洛川就推开身边的车门，笑着问道：“你手机咋关机了呢？”

那个人笑着说道：“川哥，我先开大门，你把车开进院，咱们进屋再说。”

……

端起热茶的时候，江洛川的挚友才笑着回答了江洛川的问题："川哥，今天上午我去小河里下网，手机进水了。"

江洛川笑着，等着下文。

"中午和家人一起去亲戚家吃席。我原计划是把家人送回县里，我明天买个新手机再回来。"

江洛川看了我一眼，我急忙摇了摇头，再次表明绝对不是我走漏的风声。

江洛川的挚友忍着笑说道："在亲戚家吃席的时候，我掐指一算知道有两个哥哥要来，还知道我川哥开的车子雨刷器坏了，就立即让朋友把我送回来了。"

江洛川笑着问道："你掐哪个指指算的，我也掐掐，看看我能知道啥？"

江洛川的挚友笑够了才说出原因：他吃席的亲戚家就在我和江洛川护送的小女孩家的后院，小女孩的家人帮着邻居忙前忙后忘了去接小女孩……

……

深秋的大山里是万籁俱寂的，寂静得可以听见自己内心的倾诉，我猜大山也一定听见了，要不为什么会慷慨地送来一圈圈蘑菇又送一串串野果呢！

大山里的深秋是绝美的，一春一夏的积累只是为了深秋的万紫千红和累累硕果。我之前一直认为绿叶是红花的衬托，在大山里流连数日终于明白了：红花只是绿叶的过客！

……

真爱在心里

靳青云是主动申请留在十万大山中冬季全时段值守观测站的。

靳青云能说出口的原因：他单身，没有老婆和孩子的牵挂，而且回家还要应对父母的催婚，在哪儿都是待着。

靳青云不能说出口的原因：因为在这十万大山中还有另一座观测站；因为他听说肖梦洁和家里人吵翻了；因为他听说肖梦洁今年正好排到冬季第一班值守观测站；因为他听专家预测今年冬季的雪量将偏大；因为他知道万一大雪封闭了上山的道路，换班人员上不了山，肖梦洁就必须一个人熬过整个冬季。

这五个因为足以让靳青云产生担心，万一……？靳青云不敢去想，他能做的就是在接班之前一个人偷偷去采购了一大包肖梦洁喜欢的或是必须的东西。

肖梦洁是必须值守观测站的。一是今年正好排到她冬季第一班值守；二是没有人主动申请替她值守；三是她真的和家里人吵翻了；四是她在赌一口气，为什么爸爸妈妈不理解她，为什么靳青云明明喜欢自己却不敢表白；五是她第一次冬季值守，真的不了解大雪封山之后一个人值守观测站有多么艰难。

赌气归赌气，肖梦洁在接班之前做了她自认为充分的准备。

初冬的十万大山是超美的：一座山的起伏连着一座山的起伏，每一座山都是红红的金灿灿的；晚霞中的片片树叶在风的摇动下就像是五彩缤纷的海浪，一波火红红跃金涌来，一波金灿灿羞赧退去；朝阳中的山林，清新而幽静，微微的寒意让人收拢了肢体，在林中漫步时显得更优雅。

肖梦洁被初冬的十万大山迷住了，随便一个方向，都走不够、都看不够、都照不够，甚至遗憾才轮到自己冬季值守，竟然才发现十万大山初冬的超美。

第一场大雪后的十万大山是绝美的：火红红金灿灿的超美被封进了洁白的世界中，厚厚的积雪软软的，一串脚印标记一个方向，每一个方向都诠释着不同的美；最妙的是气温快速回升又陡降，挂在树上的叶子多半被封进了晶莹剔透的薄冰中。肖梦洁猜想，如果有风吹来，一定会发出最悦耳的风铃声。肖梦洁甚至在心中祈祷时间过得慢一点，让她欣赏够十万大山的绝美。

十万大山的美是不同的，又是相同的。靳青云眼里的绝美全部化作了心中的担忧：第一场大雪让专家的预测更可信了；快速回升又陡降的气温使山路上覆盖了一层薄冰，山路更难走了；两座观测站都是温暖安全的，保障生存的食物都是充足的，冬季需要采集和处理的观测数据又很少，在一望无际的银白世界中只有孤独陪伴着孤独。

第二场大雪整整下了两天两夜，积雪的厚度超过了一米。靳青云之前不敢去想的万一发生了，真实存在的山路看不见也找不到了。

两天两夜的大雪过后，十万大山的美超越了凡尘。但是肖梦洁却无心去欣赏那超越凡尘的美，因为厚厚的积雪已经预示着她的第一班将会延长为冬季全班，而且她自认为充分的准备对于整个冬季来说根本不够。

靳青云等不下去了，在晨曦中背着一个超大的背包踏上了在他心中模拟过无数遍的雪路……

肖梦洁失望了，一次次幻想又一次次否定自己，在一次次否定自己之后慢慢地滑向了绝望的深渊。

在积雪中艰难前行的靳青云片刻不敢休息，他不想在夜幕降临之后出现在肖梦洁面前，他怕吓到肖梦洁。中午饭是一口冻馒头一口雪在前进中吃完的。

靳青云终于赶在最后一抹夕阳消失之前站在了肖梦洁的面前。

“肖梦洁，我……我是路过……”

这是肖梦洁听过的最蹩脚的谎言，也是最真挚、最暖心的谎言！

“靳青云！你？”

“我顺便给你带点东西。”

靳青云说完低下头，把超大的背包双手推给了肖梦洁。

肖梦洁把超大的背包紧紧抱在怀里，激动的泪水奔涌而出。

看见肖梦洁的泪水，惊慌失措的靳青云小心翼翼地问道：“肖梦洁，我，我帮你检查一下设备可以吗？”

肖梦洁笑着腾出一只手擦去了眼泪：“我去做饭！”

……

靳青云手里还握着半个馒头，就沉沉地睡着了。

肖梦洁坐在靳青云的身边打开了超大的背包，里面每一件都是她喜欢的或是必须的。肖梦洁脸上羞涩的红晕渐渐退去后又涨满了幸福的红霞，轻轻依偎在靳青云的身边，感觉自己就是童话故事里最幸福的公主……

次日清晨，即将分别的时候，肖梦洁轻轻地勾住靳青云的手，红着脸说道：“靳青云，你？”

靳青云的脸腾地一下红透了，低下头低声说道：“肖梦洁，你放心吧，我顺着来时的路回去既安全又快，天黑之前一定能回到观测站。”

“靳青云，你？”

“肖梦洁，我那里还有一些你能用得上的东西，我下次再顺路给你送来。”

“靳青云，你？”

靳青云抬起头，看着肖梦洁，笑着说道：“肖梦洁，冬天很快就会过去。”

肖梦洁生气了，大声说道：“靳青云，你知道我要问什么！”

靳青云的脸更红了，重重地点了一下头，挣脱肖梦洁的手跑进了银白的世界里，穿透云霄的声音在他身后炸起：“肖梦洁，我爱你，靳青云永远爱肖梦洁！”

……

冬天已经过去了。肖梦洁终于听到了靳青云的表白，在她心中多了一份甜蜜，多了一份思念。

面面俱毒

四面狒在平调回山南草原任副总的八天前就忍不住给曾经的小弟双尾犬打了电话。

“双尾呀，我马上要调回山南草原了。”

“狒哥，我现在就摇人准备给您接风……”

“双尾呀，给哥接风是小事儿，随时都行。我这不寻思调回去以后咋找机会给我双尾弟安排个好活干干……”

“狒哥您就是我亲哥，您调回来以后无论有任何差遣，我双尾犬赴汤蹈火在所不辞、心甘情愿效犬马之劳……”

挂断电话后四面狒心满意足地笑了：调回去以后吃点、喝点、刷刷车、加点油，等等，都有着落了。

双尾犬挂断电话后带着欲壑难填级别的憧憬笑了：一是又有大腿可抱了、又有虎皮可扯了，跟在副总屁股后摇尾巴那可比跟在部长屁股后摇尾巴牛多了；二是跟在部长屁股后最多能喝上口冷汤，跟在副总屁股后至少骨头能啃饱。

……

平调回南山草原后，四面狒明里暗里足足花了一年的心思也没物色到比双尾犬更孝顺、更顺眼、更听话的，同时也担心时间长了双尾犬会暗生反骨，最重要的是今年的苜蓿草绝对超级丰收，这才不得不开始考虑给双尾犬找个好活儿干干。

扒拉完五遍手指才打定主意的四面狒故意阴沉着脸闯进了自己分管的苜蓿草部部长短尾羊的办公室，一进门就扣下了一顶大帽子："阿羊啊，我看今年这苜蓿草的长势不太好，到老秋你们苜蓿草部能完成饲料的储备任务吗？"

"狒副总，今年风调雨顺，苜蓿草长势非常好，到老秋至少能超额完成……"短尾羊的话出口一半就立即收住了，改口道："我们苜蓿草部今年能完成多少饲料储备任务，不全在您狒总的心里吗。"

四面狒笑了："能不能完成今年的饲料储备任务有很多决定性因素，像什么雨水、肥料都是决定性因素，当然了，虫吃鼠啃也是一个非常非常重要的决定性因素。"

短尾羊陪着笑说道："狒总，是、是、是，您太了解了！"

四面狒故意叹了口气说道："要是能给你们苜蓿草部配条护卫犬就好了，虫啊鼠啊的以后就不是决定性因素了。"

短尾羊的眼珠一转，认真地说道：“狒总，其实给我们苜蓿草部配一条护卫犬是绝对必要的，这虫啊鼠啊的每年都祸害老多苜蓿草了。”

四面狒语重心长地说道：“阿羊啊，你们苜蓿草部为了保障完成饲料储备任务要是有难处，你这个部长必须主动提出来，你不提出来谁知道你们有难处……有时间去资源部找找花狐狸部长，大胆提一提。”

“狒总，我现在就去资源部找花狐狸部长。”

四面狒笑了：“阿羊啊，你急啥，等我走了你再去。”

话一说完，四面狒就立即转身离开了短尾羊的办公室。

……

七分钟后，短尾羊屁颠屁颠地冲进了四面狒的办公室。

“狒总，资源部花狐狸部长说我们苜蓿草部根本就没有护卫犬的岗位。”

四面狒的眼睛一瞪：“要是今年你们苜蓿草部的饲料储备任务完不成，资源部能替你们负责吗？”

“狒总，我明白了！”

短尾羊立即带着四面狒给的底气又去了资源部，和花狐狸狠狠地吵了一架。临走之前还把“苜蓿草部如果今年完不成饲料储备任务完全是因为资源部不给配备护卫犬”的帽子扣给了花狐狸。

……

短尾羊带着胜利的窃喜离开后，花狐狸越想越不是滋味，气冲冲地去敲开了主管苜蓿草部的四面狒副总的门。

“狒副总，短尾羊部长……”

四面狒假装认真地听完后，又装出一脸无奈说道：“阿狸啊，你是不知道啊，那头倔羊都找我过十几次了，我也跟他说过十几次了，他们苜蓿草部没有护卫犬的岗位配置。”四面狒的话锋一转：“哎，他们苜蓿草部今年的饲料储备任务重，而且虫吃鼠啃真的非常非常严重。短尾羊部长也是被逼得实在没办法了。”

“狒副总，他们苜蓿草部就没有护卫犬的岗位配置，我也没办法，他找我吵架，还给我扣帽子……”

四面狒打断了花狐狸的话，说道：“阿狸啊，都是为了工作，理解理解吧！”

“狒副总……”

四面狒再次打断了花狐狸，问道：“阿狸啊，能不能从其他部门先借调一条护卫犬给他们苜蓿草部救救急？要不，那头倔羊绝对能天天去烦你，而且万一今年他们苜蓿草部的饲料储备任务完不成，他真容易硬往你身上赖。”

花狐狸想了想说道：“狒副总，借调一条护卫犬给苜蓿草部也不是不可以，但是，必须要经过山猪老总的同意才能借调。”

四面狒立即换上一脸的讨好，说道：“阿狸啊，你找机会先向山猪老总通通风。我呢，再想办法劝劝那头倔羊，那头倔羊要是能保证以后不再去惹你生气、不给你扣帽子，就不用费劲吧啦地给他们苜蓿草部借调护卫犬了。”

……

当晚，酒足饭饱后的四面狒当着双尾犬的面拨通了短尾羊的电话。

“阿羊啊，下午花狐狸部长去找我了，我长话短说，她跟我说的意思非常明确，给你们苜蓿草部增加一条护卫犬不是不可能……”

“狒总，我明白了，您放心，我明天一上班就再去花狐狸部长……”

挂断电话后，四面狒憋出一脸难色看着双尾犬说道：“双尾呀，现在岗位控制得非常非常严。”

双尾犬不停地摇着两条尾巴，谄媚地说道：“狒哥，我知道您为我是操尽了心、费尽了力，请狒哥您放一万个心，我借调去苜蓿草部当护卫犬之后，您咋说我就咋办。”

四面狒满意地点了点头，认真地说道：“最后一关是山猪老总，我尽快找机会安排你和他直接沟通。”四面狒的脸一绷，更加认真地说道，“到时候，你必须大大方方地一次给他怼个够！”

双尾犬咬着牙说道：“狒哥，您放心，就是砸锅卖铁我也一定一次给他怼满足！”

四面狒看着双尾犬忍不住大笑了起来，笑爽了、笑够了才说道：“双尾呀，”四面狒忍不住又大笑了起来，笑爽了、笑够了继续说道，“今年只有咱们山南草原的苜蓿草长得非常好，其他草原的苜蓿草不绝收就算好的，都不用等到老秋，苜蓿草的价格就得蹭蹭地往上涨……”

双尾犬仿佛已经看见了一大摞一大摞的回报，狠狠地咽了一口唾沫，说道：“狒哥，您就把心放肚里吧！”

……

两天后，花狐狸被短尾羊折磨得实在受不了了，带着愤怒去敲主管苜蓿草部的四面狒副总的门。

“狒副总，短尾羊部长……”

四面狒强压着内心的喜悦听完后，装着无奈地说道：“阿狸啊，那头倔羊……”

花狐狸打断了四面狒，说道：“狒副总，关于借调的事我已经和山猪老总通过三次风了，短尾羊部长要是再找我无理取闹，可就别怪我不客气了，苜蓿草部的各个岗位我就帮他好好梳理梳理。”

四面狒急忙说道：“阿狸啊，你放心、你放心，我向你保证，那头倔羊以后绝对不会再去烦你了。”

……

花狐狸走后，四面狒抽完两根华子、平静了一下超级喜悦的心情之后才满面春风地走出自己的办公室，去敲山猪老总的办公室的门。

“山猪总，找您汇报点小事。”

山猪老总皮笑肉不笑地说道：“狒副总，啥事，你说。”

“山猪总，在您面前我不敢绕弯子，必须实话实说，而且我也不敢耽误您宝贵的时间，就长话短说了，双尾犬想找您当面汇报，您看？”

山猪老总冷笑了一下，盯着四面狒不冷不热地问道：“狒副总，找你汇报不行吗？”

四面狒急忙谄笑着说道：“山猪总，您开玩笑了不是，闲唠嗑、闲崩坑、仨瓜俩枣级别的找我还行，凡是汇报级别的必须您亲自当面汇报！”

山猪老总露出了满意的笑容：“你让他来吧！”

……

次日，双尾犬正大光明地被借调到了苜蓿草部，全权负责抓虫子、捉耗子。

年底，苜蓿草部的饲料储备任务创下了历史最低纪录，只完成了47.245%。

但是，山猪老总和四面狒副总一致认为双尾犬作为一条护卫犬绝对尽了全力，而且做得非常好。苜蓿草部没完成饲料储备任务的决定性因素中绝对不应该有虫吃鼠啃这一因素。同时还一致认可，为了抓住虫子、拿住耗子，多多少少损失一些苜蓿草是绝对合情合理的，也是在所难免的。

最后，在短尾羊的各种抗争之下，苜蓿草部没有完成饲料储备任务的唯一决定性因素被确定：苜蓿草被偷得实在太多了！

为什么被偷了那么多呢？客观外因是其他草原的苜蓿草基本都绝收了，主观内因是双尾犬被借调到苜蓿草部是全权负责且只负责抓虫子、拿耗子的护卫犬。

山猪老总和四面狒副总几乎同时想到了一个新的问题：是不是应该给苜蓿草部再借调一条全权负责且只负责预防苜蓿草丢失的护卫犬？

……

樵屠镇

樵屠镇原来的名字叫侠客镇。客侠镇这个名字在当年真不是白叫的，镇上的居民绝大多数是练家子，而且个个是侠字辈的高手。

客侠镇每旬都会在镇中心的广场举办一场名头响亮的比武争霸大会，比如：金枪定乾坤比武争霸大会、银刀无敌比武争霸大会、鞭扫四海比武争霸大会、铁拳打遍天下比武争霸大会、鬼脚横踢宇内比武争霸大会、气震八方比武争霸大会等等。

每旬的比武争霸大会都根据选手的实力，公平、公正地取前四名，分别授予大侠称号、次侠称号、客侠称号和游侠称号。被授予侠字称号后才可以自取江湖名号，比如屠龙大侠、劈山次侠、闪电客侠、鬼见愁游侠，等等。被授予侠字称号的人越来越多，高大上的常用江湖名号都被侠客镇之外的江湖侠士占完了，客侠镇的居民又偏爱飞禽，纷纷用禽类鸟名当做江湖名号，比如苍鹰大侠、野鸡次侠、红腹锦鸡客侠、猫头鹰游侠，等等。

侠士就必须具有江湖属性。在侠客镇上随时、随处可见刀来剑往、拳打脚踢的争斗，一碗酒倒得不均就能拔剑争个里表，一文钱的零头不抹也能出拳斗个高下。根本不是酒的多少，更不是一文钱的多少，江湖行走讲究的就是个面子。

酉年酉月酉日的午时，一队青面獠牙的匪人闯进了侠客镇，一路人喊马嘶、尘土飞扬地冲到了镇中心的广场。

侠客镇各路侠士的耳目是何等聪明，身手又是何等迅捷，顷刻间就在广场聚齐了，或鄙视、或不屑、或冷眼看着一队不知天高地厚的匪人。

匪首骑在马上随手一挥，把一杆亮银长枪插在了广场的中心，一边打马绕着广场转圈一边向围观的各路侠士高声喝道："侠客镇的人听着，本尊行不更名坐不改姓，黑龙寨寨主长枪黑龙是也，今日开疆拓土至尔等的侠客镇。以明日此时此刻为限，有不服者可到镇南的山脚下与本尊一决雌雄，以此亮银长枪为证，如本尊落败即刻带人返回黑龙寨，从此井水不犯河水。若无人能胜过本尊，侠客镇从此改名黑龙四镇，每月进献美人两个、牛羊五十头、粮食二百担、美酒三百坛，若进献不足，少一头牛羊、少一担粮、少一坛美酒，本尊将斩杀尔等一人凑数，少一个美人，本尊将斩杀尔等十人抵数。”

长枪黑龙说完拨马掉头，一队青面獠牙的匪人扬长而去。

一直等到扬尘落定，三天前才被授予次侠称号的百灵鸟次侠才背着双手一个箭步潇洒地飘到长枪黑龙留下的亮银长枪近前，随随便便伸出左手握住长枪，暗中发力向上拔的同时满满不屑地哼了一声，说道：“小小的黑龙寨寨主竟敢口出……”

纹丝未动的长枪把百灵鸟次侠后面的话打回了肚里。满脸涨红的百灵鸟次侠急忙加上右手，双手用尽全力向上拔，长枪依然纹丝未动。百灵鸟次侠心中千分后悔、万分焦急，千分后悔的是自己不该逞一时之强，万分焦急的是想着如何才能保住自己刚得的英名。

这时，一个感心动耳的声音传来：“百灵鸟次侠贤弟，那长枪黑龙寨主是天生蛮力，贤弟以剑法见长，何必自找苦吃呢！”

百灵鸟次侠急忙松开双手，回身抱拳施礼，笑着说道：“多谢金丝雀游侠兄长的提醒，愚弟险些着了长枪黑龙的道！”

“蛮力而已，何足挂齿？百灵鸟次侠，你让开！”

幸灾乐祸同时也急于展示自己的鸵鸟大侠踱着四方步走到了亮银长枪的近前，马步蹲裆、双手握住枪杆、腰力下沉，大喝一声：“起！”

亮银长枪纹丝未动！

鸵鸟大侠再次大喝一声：“起！”

亮银长枪依然纹丝不动！

一旁观看的秃鹫大侠急忙高声喊道：“鸵鸟大侠，慢，慢，且慢，江湖老话，插入容易，拔出难。黑龙寨主用天生蛮力向下插，你用人力向上拔，这岂不是用人力较天力？”

鸵鸟大侠急忙收起马步蹲裆，转身抱拳三拜：“秃鹫大侠说得极是，在下鸵鸟大侠怎敢与天角力……除非……”

鸵鸟大侠在说完“怎敢与天角力”的时候，无意间看见了满脸幸灾乐祸的苍鹭大侠，急忙用“除非”两个字留下报复的伏笔。

看热闹的不怕烂事多的啄木鸟大侠急忙问道：“鸵鸟大侠，除非怎样？”

鸵鸟大侠嘿嘿地笑了两声，说道：“除非……”

“鸵鸟大侠，你快说，除非怎样？”

“除非，有请苍鹭大侠出手！”

广场上瞬间爆发了两种雷鸣般的欢呼声，一种是希望苍鹭大侠能拔出亮银长枪的欢呼声，拔出亮银长枪就是长了侠客镇的威风；另一种是不希望苍鹭大侠拔出亮银长枪的欢呼声，拔不出亮银长枪就说明平日里威风八面的苍鹭大侠并不比自己强多少。

苍鹭大侠和身边的莫逆之交秃鼻乌鸦大侠用眼神商定完，才在两种欢呼声中缓缓走近了亮银长枪，不丁不八站稳，右手单手握住亮银长枪，暗提真气，直接向前平推亮银长枪，亮银长枪竟然被推弯了一点点。苍鹭大侠再提真气，再推，亮银长枪纹丝不动。

秃鼻乌鸦大侠及时高声喝道：“苍鹭大侠，万万不可。”

苍鹭大侠立即慢慢回撤右手，等亮银长枪恢复原状后才敢松手，回身看着秃鼻乌鸦大侠高声问道：“秃鼻乌鸦大侠，有何不可？”

秃鼻乌鸦大侠故意踱着四方步走到苍鹭大侠身边，用双手压了压已经停止的欢呼声说道：“苍鹭大侠，寨主说过，有不服者可到镇南的山脚下与寨主一决雌雄，以此亮银长枪为证。年轻一辈如有不服寨主的可去镇南的山脚下与寨主一决雌雄，你现在就把寨主的亮银长枪拔了算怎么回事儿？”

苍鹭大侠急忙说道：“幸亏秃鼻乌鸦大侠提醒，愚兄差点做出了违背江湖道义之事，多谢，多谢！”

秃鼻乌鸦大侠和苍鹭大侠都心知肚明，连人家随手插在地上的亮银长枪都拔不出来，还和人家一决雌雄个屁呀！急忙齐声说道：“各位，我兄弟二人在此守候寨主的亮银长枪，哪位不服可速去镇南的山脚下找寨主一较高下，我兄弟二人恭候佳音！”

在场的各路侠士无一不是聪明伶俐之辈，一听就全明白了：你二人可是侠客镇数一数二的高手，你俩都不去找寨主一决高下，让我们去得罪寨主，我们才不傻呢！

蜂鸟游侠的反应最快，当即高声喊道："在下蜂鸟游侠，既然是黑龙四镇的一分子，那就必须为黑龙四镇出一份力，我在此盟誓，每月向寨主进献美酒一坛，此生无悔！"

秃鼻乌鸦大侠和苍鹭大侠在心中同时大骂蜂鸟游侠，嘴上同时说道："我们兄弟二人也在此盟誓，每月向寨主进献美酒一坛，此生无悔！"

广场上瞬间乱成了一锅粥，各路侠士心中都清清楚楚，在美人两个、牛羊五十头、粮食二百担、美酒三百坛中选择美酒一坛是最占便宜的，纷纷抢着盟誓争取占上二百九十七分之一……

二百九十七个名额是远远不够分的，而且在乱哄哄的盟誓中根本无法确定到底是哪二百九十七人先盟誓进献一坛美酒。最后只能以比武争霸的形式公平竞争，排名从一至二百九十七的人负责每月进献一坛美酒，排名从二百九十八至四百九十七的人负责每月进献一担粮食，排名从四百九十八至五百四十七的人负责每月进献一头牛或羊，排名在五百四十七之后的人共同负责每月进献两个美人。

这次比武争霸与之前任何一次比武争霸都截然不同。之前的比武争霸虽然每次只取前四名，但是每旬举办一次，而且种类繁多，取不上金枪定乾坤比武争霸的前四名，还可以去争取银刀无敌比武争霸的前四名、还可以去争取铁拳打遍天下比武争霸的前四名，等等，甚至还可以随便创造一个柳条抽风比武争霸大会，去争柳条抽风比武争霸的前四名。这次的比武争霸那可是实打实地影响一生啊，一坛酒、一担粮或一头牛羊都勉强可以接受，少吃点，少喝点、紧紧裤腰带也就过了。一个美人就不能接受了，谁的老婆、谁的女儿，谁不心疼、谁舍得呀！

杜鹃客侠是最瞧不起蜂鸟游侠的，但是又忌惮秃鼻乌鸦大侠和苍鹭大侠，故意高声问道："各位三老四少，既然是公平、公正的比武争霸，那蜂鸟游侠是不是……"

除了蜂鸟游侠和杜鹃客侠，其他侠士都带着气愤，异口同声地喊道："蜂鸟游侠必须参加比武！"

啄木鸟大侠眼珠一转，用手挡着嘴大喊了一句："那秃鼻乌鸦大侠和苍鹭大侠呢？"

除了秃鼻乌鸦大侠、苍鹭大侠和啄木鸟大侠，其他侠士都带着幸灾乐祸的神情异口同声地喊道："秃鼻乌鸦大侠和苍鹭大侠也必须参加比武！"

……

各路侠士都在心中划下了必须坚守的鸿沟，在比武中不再是抱拳施礼、惺惺相惜、点到为止，而是各想奇谋、各出奇招、狠下死手……

上山砍柴的仁樵夫和外出卖肉的义屠夫傍晚时才回到侠客镇。被鲜血染红的广场比天边的晚霞还要红，折断的刀枪棍棒、横躺竖卧的尸体默默记录了比武争霸的惨烈。

仁樵夫和义屠夫听奄奄一息的虎皮鹦鹉次侠讲完来龙去脉之后是悲怒交加，悲的是平日里满嘴江湖道义的各路侠士竟然干出了扁毛畜生的事，怒的是从哪冒出来一个黑龙寨寨主呢?

仁樵夫抽出扁担：“走！”

“等一下。”

义屠夫右手握着砍刀，踮着脚走到亮银长枪跟前，手起刀落，亮银长枪被砍成了两段。

“走吧！”

……

长枪黑龙正美美地盘算着以后如何精细化管理黑龙四镇，看见怒气冲冲站在眼前的仁樵夫和义屠夫，一时愣住了。

仁樵夫抢先问道：“你就是黑龙寨寨主呀？”

长枪黑龙下意识地点了点。

义屠夫咬牙切齿地骂道：“好你个瘪犊子！”

仁樵夫和义屠夫都没练过武功，也都从来没参加过比武争霸大会，但是两个人都讲武德。仁樵夫抡起扁担抢着和长枪黑龙一对一干上了。长枪黑龙确实有几分天生蛮力，但是在仁樵夫拼命的扁担之下连毛都不是，两扁担就被打成了狗样，在转身逃命的途中被仁樵夫追上，一扁担结束了狗命。

冲上去想要营救寨主的其他匪人，被义屠夫手中翻飞的砍刀砍死了。

侠客镇从此改名为樵屠镇。

云宫宝藏

这是江洛川给我讲的故事。

东甲春、南乙夏、西丙秋和北丁冬都是纵横河内且一直独来独往的顶级探险家，在探遍银河系内知名的九A级险境之后，都把目标锁定了探险一族的终极目标——银点星球的魅诱秘境。关于魅诱秘境有一个事实和两个传说，一个事实是魅诱秘境中的引力、磁力和空气阻力都是随时陡变的，任何交通工具都无法通行，只能徒步行进；一个传说魅诱秘境是银河系内最险恶、最奇幻的秘境，另一个传说是在魅诱秘境的中心隐藏着一座全宇宙最美的云宫。

东甲春、南乙夏、西丙秋和北丁冬各自深谋研虑之后不谋而合地决定结伴探险银点星球的魅诱秘境。

四个顶级探险家徒步进入魅诱秘籍的第一天就刷新了各

自对险恶的认知：微风煦暖的下一个瞬间就是暴风冰雨，阳光明媚在眨眼之后就是伸手不见五指，青苔小路的下一步就是万丈深渊，滔天巨浪在一个转身就变成了层层沙丘，烈日炎炎在浑汗之间就进入了天寒地坼，万兽嬉逐在眼前就变成了飞鸟绝迹，等等。

第二天。

四个顶级探险家再次刷新了对险恶的认知：一会儿被成千上万个比大象还大的子弹蚁拦住了前路，一会儿成群结队的比阿根廷龙还大的十三脚蜘蛛从头顶呼啸而过，一会儿被破土而出的独角鲸穷追不舍，一会儿被三座突然从天而降的高山困在了中间，一会看见自己的心脏被一群不期而遇的蜂鸟叼走了，一会儿被一个不知所出的一模一样的自己穷追猛打，一会儿又被三个毫无二致的同伴围追堵截，等等。

第三天。

四个顶级探险家对险恶已经没有概念了：暖暖柔柔的风吹在脸上却犹如寒冰利刃刺在心头，走在平坦的路上双脚却犹如万蚁噬骨，婉转动听的鸟鸣滑过耳际却犹如折骨撕膜，站在坚石之上却犹如深陷泥潭，目及之处实非实、虚非虚，等等。

东甲春、南乙夏、西丙秋和北丁冬都不愧是纵横河内的顶级探险家，经历三天的跋山涉水不仅都毫发无损，而且每天的给养消耗都牢牢控制在携带总量的百分之十以内。

第四天。

第一缕曙光送来的不仅是鸟语花香、小溪潺潺，而且在绿荫华盖的尽头巍然屹立着一座八面玲珑、雕栏玉砌、美轮美奂的宫殿。

东甲春第一个赞道："这就是传说中的云宫，美得无以言表，这一路值了！"

南乙夏轻轻点了点头："即使是镜花水月，也不虚此行！"

西丙秋笑着问道："全宇宙最美的云宫就在眼前，观望不前吗？"

北丁冬大笑着第一个冲向了云宫。

东甲春、南乙夏和西丙秋如履薄冰地紧随其后。

进入云宫的瞬间，北丁冬惊呆了……

下一个瞬间，东甲春、南乙夏和西丙秋也都惊呆了……

云宫之内就像是集合了全宇宙的一切美好。东甲春、南乙夏、西丙秋和北丁冬每个人的目及之处都是每个人内心深处最想看见的，每个人的手及之处都是每个人内心最想拥有的，每个人能想到的美好都会立即出现在每个人的眼前……

四个顶级探险家最后的目光都不由自主地落在了矗立在云宫中间的一座由他们从未见过的奇珍异宝堆积成的彩山上。

东甲春、南乙夏、西丙秋和北丁冬不约而同地放下了装备，从各自的触手可及之处开始纤悉不苟地检查，最后一致确认云宫内的一切都是真实的。

北丁冬是第一个冲向彩山的；

西丙秋迟疑了一下，便紧跟着冲向了彩山；

南乙夏用嘴角表达完一丝嘲笑后，也跟着冲向了彩山；

东甲春无奈地叹了口气，最后一个冲向了彩山。

堆积成彩山的每一件宝物都是真的，每一件都是比四个顶级探险家认知中最珍贵、最珍稀的宝物还珍贵无数倍再珍稀无数倍的宝物。

南乙夏爱不释手的是一个紫色的袋子。无论往紫色袋子里面装多少宝物，紫色袋子的大小和重量都不会改变。往紫色袋子里装多少宝物就能倒出多少宝物，而且倒出来的宝物丝毫都不变。

西丙秋莫忍释手的是一个红色盒子。红色盒子里面装得满满的稀世珍宝，把红色盒子倒空、关闭、再打开，里面的稀世珍宝又是满满的不同的。

东甲春爱不忍释的是一棵绿油油、金灿灿、亮闪闪的小树。小树上每一片鲜嫩的叶子摘下后就变成了一块苍翠欲滴的翡翠，每一片枯萎的叶子摘下后就变成了一枚沉甸甸的金币，每一个果实摘下后就变成了一颗璀璨夺目的钻石。无论从小树上摘下多少片叶子和多少个果实，小树上的叶子和果实都不会减少。

北丁冬悄悄藏起来的是一根短棍。短棍可以随意掰成长短不同的两段，短的一段会在掰断的瞬间恢复原来的长度，长的一段会在掰断的瞬间变成同等体积的铑金。如果把短棍等长掰成两段，一段会在掰断的瞬间恢复原来的长度，另一段则会在掰断的瞬间变成同等体积的铑金。

云宫内的一切都是真实的，而且每个人能想到的都会瞬间出现在眼前。东甲春、南乙夏、西丙秋和北丁冬各寻一隅，天马行空、欢乐至极……

第五天。

西丙秋是第一个借着月色偷偷溜出云宫的。深思熟虑过的西丙秋相信以牺牲百分之二十一的给养携带，再多加一天时间的代价，带着红色盒子原路独行一定能安全走出魅诱秘境，到达秘境入口之后能做的事情就多了！

第二个偷偷溜出云宫的是南乙夏。研精覃思的南乙夏坚信以牺牲百分之十九的给养携带，再多加半天时间的代价，带着紫色袋子原路独行一定能安全并且保证第一个回到秘境入口。偷偷溜出云宫的同时，南乙夏在心里也对此次探险做出了最终结论：银河系内最险恶、最奇幻的魅诱秘境，四人探险一人安全脱险！

第三个偷偷溜出云宫的是东甲春。澄思渺虑过的东甲春笃信以牺牲百分之二十三的给养携带量，再多加一天时间的代价，带着小树原路返回一定能安全走出魅诱秘境！

最后离开云宫的是北丁冬。他是扛着短棍正大光明离开的。

……

第六天

第一个发现给养消耗异常的是东甲春。在休息前，东甲春无意间点击了给养背包的剩余给养量查询，结果显示剩余给养量仅为百分之十一。大惊之下的东甲春继续查询给养消耗明细，发现小树每天都在消耗给养背包所能携带给养总量的百分之二十三。各种确认之后，东甲春提前陷入了绝望。在偷偷溜出云宫之前，因为带上小树不得不减掉了给养背包中百分之二十三的给养，按照他每天消耗百分之十计算，给养背包中百分之七十七的给养至少可以维持八天。事实上，小树和他两天就消耗了百分之六十六的水。

怎么办，怎么办？东甲春不停地问自己，是放弃小树，用百分之十一的给养保障自己走出魅诱秘境……还是带着小树明天全力冲刺……还是带着小树坚持到底……也许，秘境的入口已经很近了……也许，明天一定会有奇迹出现……

第二个发现给养消耗异常的是南乙夏。当天的第三次补充给养之后，南乙夏随手点击了给养背包的剩余给养量查询，结果显示剩余给养量仅为百分之二十三。不相信自己眼睛的南乙夏继续查询给养消耗明细，发现紫色袋子每天都在消耗给养背包所能携带的给养总量的百分之十九。确认几遍之后，南乙夏忍不住狂喜地欢呼自己的幸运，百分之二十三的给养维持一天足够了，明天一定能安全走出魅诱秘境！

西丙秋和北丁冬根本没有发现给养消耗的异常，因为在他俩的脑海中除了仔细观察和小心前进之外，剩余空间全部被安全走出魅诱秘境后的各种喜悦充满了。

第七天。

当给养背包中的给养耗尽时，西丙秋才发现异常。他的给养背包中所携带的给养量是百分之七十九，他和红色盒子每天实际消耗的给养量是给养背包所能携带总量的百分之三十一。西丙秋直接扔掉了给养背包，紧紧抱着红色盒子开启了全力冲刺模式……

第八天

在出发之前，北丁冬终于发现了给养消耗的异常。查询完给养消耗明细的北丁冬欣喜若狂，因为三天过去了，他给养背包中还有百分之二的剩余给养，而且似曾相识的秘境入口就在不远的前方。

北丁冬大笑着，一步、两步……

北丁冬绝望了，因为刚刚似曾相识的秘境入口变成了更熟悉的秘境起点。

……

我明知道故事是假的，听完后还是忍不住，问道："洛川，东甲春、南乙夏、西丙秋和北丁冬要是结伴能安全走出魅诱秘境吗？"

江洛川笑了："三哥，他们要是结伴，那紫色袋子、红色箱子、小树和短棍就会同步消耗每个人的体能和给养。"

“一个人一天就会被紫色袋子、红色箱子、小树和短棍消耗掉给养背包所能携带总量的百分之八十？”

江洛川轻轻点了点头。

我忍不住继续追问道：“洛川，四个顶级探险家要是离开云宫的时候什么都不拿，并且在结伴的前提下能安全走出魅诱秘境吗？”

江洛川笑了：“三哥，我给你讲的只是探险魅诱秘境的一个故事而已。”

我不好意思地笑了。